目次

装幀　重原隆
装画　ヤマモトマサアキ

北条義時

我、鎌倉にて天運を待つ

第一章　頼朝、起つ

一

「小四郎《こしろう》はどこまでも佐殿《すけどの》とともに！」

そう政子《まさこ》が叫んだ。まなじりを決した政子に向かって、江間《えま》小四郎義時《よしとき》が気の抜けたような返事をする。

「はぁ」

それでも政子は断固たる口調で命じた。

「何があっても佐殿に従うのです。佐殿の武運はあなたの武運です。佐殿に万一のことあらば、あなたも一緒の場で死になさい」

「わかりましたぁ、姉上」

火を吐くように発した政子に対して、相変わらずの間延びした調子で江間小四郎義時は答える。

治承《じしょう》四年八月、伊豆の流人《るにん》となって二十年後、ついに源《みなもとの》頼朝《よりとも》は挙兵した。「佐殿」とは、源頼朝を指す。二十年前に京都で叙せられた兵衛佐《ひょうえのすけ》の「佐」だ。

挙兵した頼朝勢の中心は、江間付近の武士たちである。江間の領主は小四郎義時だったが、彼が江間の領主になれたのは、姉の政子のおかげであり、その政子が頼朝に付け、と命じているのだから、小四郎義時に否やはない。

小四郎義時だけではなかった。江間近在の武士たちも、みな政子の命令に従う。いよいよ挙兵が迫ったとき、合戦の支度に集った江間付近の武士たちは額を集めてささやき合った。

「北条《ほうじょう》殿はどうなさるつもりかの」

とぼけた八の字眉で、そう切り出したのは天野《あまの》藤内遠景《とうないとおかげ》という武士である。

この点が合戦を控えた一同の重大関心事だ。

北条殿——とは、政子義時姉弟の父親でもある、北条時政《ときまさ》を指す。

その場の一同は、期せずして北条時政を思い浮かべる。太ったタヌキそっくりの一癖ありげな風姿。

「わしは北条殿の魂胆がどうあろうとも、大方様《おおかた》の御命令に従うだけじゃ」

堀藤次親家《ほりとうじちかいえ》という武士が、いっこくな表情で呼ばわる。堀親家は政子を「大方様」と呼んだが、江間付近には、まだ政子が独身だったころから、そう敬称する武士たちも多い。

「おれも藤次に同意じゃ」

そう応じたのは、加藤次郎景廉《かとうじろうかげかど》という武士だった。「加藤次」と略して呼ばれることの武士の出身は伊豆国ではない。伊勢国から流れてきたのだ。なんでも平家方と喧嘩になって、伊勢の本領から追い出されたという噂で、故郷の伊勢との縁を生かして、交易みたいなことをやっている。兄弟の文陽坊覚淵《もんようぼうかくえん》は、伊豆の交易の中心地である伊豆山の衆徒だった。

「おれは絶好の機会だと思っている。いつまでも本領のない伊勢浪人のままじゃおれんだろ」

「ならば話は決まった。北条殿の魂胆《こんたん》を確かめに行こう」

分厚い両手をパンと打ってほくそ笑んだのは、仁田四郎忠常《にったしろうただつね》という大男の武士だった。

こうして天野遠景、堀親家、加藤景廉、仁田忠常の四人が、北条時政を訪ねる。不意を衝《つ》いて現れた四人に囲まれ北条時政は、眼を白黒とさせかけた。

時政が最も用心したのは、加藤景廉である。交易の取引は、緊張の場だ。約束の銭の代わりに、凶刃を浴びせてくる輩《やから》も珍しくなく、交易の修羅場《しゅらば》に慣れた加藤次は、相手の表情の変化を決して見逃さない。

「ウヒャ、ヒャ、ヒャ」

変な笑い声を立てた時政が、四人をなだめるように答えた。

「むろん、この時政、佐殿にお味方するよりほかのことは考えておらん」

此処《ここ》で態度をはっきりさせなければ、平家に味方するつもりだと勘ぐられて、この四人に殺されてしまう。

頼朝に味方すると明言した時政に、四人は満足したようだったが、時政の返事はそれで終わらなかった。

「ただし佐殿の下で殿ばらを率いるのはこのわしだ。各々方、異論はあるまいな」

二

八月（旧暦）は台風の季節である。

だが十七日は晴天だった。これに騙《だま》されたかどうかは分からぬが、源頼朝を総大将とする伊豆国人衆は、伊豆国へ平家方の目付として下ってきた山木兼隆《やまきかねたか》を討ち取って、反乱の火の手を上げた。

山木攻めの大将は北条時政である。それ以前に源頼朝は江間から北条に移って、一挙に備えていた。江間と北条は狩野川《かのがわ》を挟んで東西に位置し、北条の方が山木に近く、奇襲をかけやすかった。

首尾よく山木兼隆を討ち取ったものの、そのおかげで、平家から頼朝追討《ついとう》を命じられた三千もの大軍が、大庭景親《おおばかげちか》を大将として迫ってきた。

頼朝方に目算がなかったわけではない。三浦半島を本拠に、安房《あわ》沿岸部や相模《さがみ》国の他の地域にまで進出していた相模国で屈指の三浦《みうら》氏が、頼朝軍合流を約束していたのである。

だが約束の二十三日は、十七日（山木攻めの日）とは打って変わった大暴風雨の荒天だった。

三浦氏は水軍の一族でもある。相模湾を渡海して頼朝軍に合流しようとしていた三浦一門の人々は、船出しようとした海岸で蒼白な顔を並べていた。

「これじゃあ、どうにもならん」

一門衆の誰かの声が、暴風に吹きちぎられていく。おだやかに凪《な》いだ青い海は、いまやまったく別の顔を見せていたのだ。灰色の空に呼応して海面は不気味にうねり、天に届かんばかりの大波が白い牙を剝《む》きながら、水際に地響きを立てて打ち寄せていた。

いま波浪さかまく相模湾に船出すれば、一門衆揃って海の藻屑《もくず》となるのは、火を見るより明らかだ。

「海がだめなら陸を行く」

一門を率いる老武者が呼ばわった。三浦大介義明《おおすけよしあき》である。一門惣領《そうりよう》の命令は絶対であり、三浦軍は海岸線に沿って、急ぎ伊豆半島を目指した。

そのころ頼朝軍も三浦軍に合流しようと、平家方の大庭景親の大軍を避けるように伊豆半島から東へ進路を取り、相模との国境を越えていた。

付近は石橋山と呼ばれる山岳地帯で、とうとう頼朝軍は三浦軍と巡り合った――が、両者の間には鞠児川《まりこがわ》（現在の丸子川）が流れていた。普段は何ということもない川だったが、いまは行く手を阻む大増水である。

渡河できぬことに焦った三浦軍は、大庭方の家屋に放火したのだが、これが悪かった。対岸の大庭景親に、三浦軍の接近を勘付かれてしまったのである。

すでに夕方だったが、大庭景親は合戦を決意する。三浦軍と合流される前に、頼朝軍を叩き潰して頼朝の首を挙げてしまおうと考えたのだ。

大庭軍は頼朝軍の十倍の兵力だ。勝負にならない。たちまち頼朝軍は四散して、石橋山の山中に逃げ込んだ。

大庭軍の武士たちが先を争って、頼朝の首を狙ってくる。いずれもかつては源氏の郎等《ろうどう》だった武士たちだ。だからみな頼朝の顔を知っている。

いま累代の源氏郎等だった山内《やまのうち》首藤《すどう》氏の経俊《つねとし》が、頼朝の後ろ姿を見つけて吠えた。

「佐殿、尋常に勝負されよ」

くるりと頼朝が振り返る。

「郎等の分際で尋常の勝負とは笑止な」

せせら笑った経俊が、答える代わりに矢を弓につがえた。殺気の籠《こ》もった矢声とともに放たれた矢が頼朝を襲う。咄嗟《とっさ》に頼朝が射向《いむ》けの袖《そで》で防いだ。うなりを発した経俊の矢が、頼朝の射向けの袖に突き立つ。衝撃で震える矢柄《やがら》を握った頼朝が、矢を抜き捨てようとして、その手を止めた。頼朝に従う武士たちが、代わりにその矢を抜こうとしたが、頼朝は不敵に笑って、これを制した。

「後日の証拠とする」

一同は感心したように平伏したが、追手の武士たちが迫りつつあるのを知った頼朝は、その先頭に立っているのが、矢を射かけてきた山内首藤経俊であると気付き、これを睨《にら》み据えた。

「頭《ず》が高いぞ、経俊」

頼朝が已れの矢を取って射返す。経俊に倍する弓勢で放たれた矢が、経俊の冑《かぶと》に命中して火花を散らす。ひっくり返った経俊が、脱げ落ちそうになった冑を抱えてその場にうずくまる。

「頭が低くなったな」

溜飲《りゅういん》を下げた頼朝に、加藤次郎景廉が発した。

「佐殿、いまのうちに」

すでに頼朝も配下の武士たちも、軍馬をなくしている。加藤次に先導された頼朝が、飛猿《ひえん》のように崖道《がけみち》を駆け登り、山中に姿を消した。

あとを北条時政と江間義時が追う。垂直に切り立ったような崖道である。とても頼朝のようにはいかない。苗字が違う父子は、ヨタヨタと崖道を這《は》い登った。

一晩中、この連続である。敵と戦うどころではなく、険しい山道との悪戦苦闘で精一杯だった。

夜が明けてみると、昨日の荒天が嘘のような、穏やかな日和《ひより》である。

息を切らしながら北条時政と江間義時が、頼朝のあとを追う。ようやく追いついてみると、頼朝は端然と朽木の上に立っていた。傍らに控えるのは、土肥次郎実平《どいじろうさねひら》という武士だ。その実平が言った。

「此処はおれの領地であり、庭同然の場だ。佐殿はなんとしても、おれが三浦に合流させてみせる。だが夜も明け、敵の眼につきやすくなってしまった。皆で固まっておってはなおさらだ。よって、各々方は血路をひらいて、それぞれに落ち延びられよ」

そのとき加藤次郎景廉が割って入った。

「佐殿、梶原平三《かじわらへいぞう》殿より注進にござる」

大庭景親率いる大庭軍の現在位置を、教えに来たという。

「梶原平三?」

話の腰を折られた土肥実平が、不審げに眉をひそめる。

「梶原平三とは大庭の一門ではないか。しかもこのたびの合戦では、敵軍に加わっていると聞く」

そう言って舌打ちした土肥実平だったが、びっくりして頼朝を仰ぐことになる。加藤次郎景廉を仲介した梶原平三(景時《かげとき》)の注進を、頼朝は少しも疑っていなかったのだ。

「ならば箱根方面に逃れよう」

梶原平三の注進に沿って、逃走経路を決めた頼朝を、啞然《あぜん》と土肥実平は見やる。

——あの人を信じぬ佐殿が。

土肥次郎実平は、頼朝から信用されていた。だがその理由は分かっている。三浦を信用しているのも同じ理由からだろう。いまから四十年ほど前に、土肥と三浦は源義《よし》朝《とも》（頼朝の亡父）の先棒を担いで、大庭御厨《みくりや》に乱入していた。「大庭御厨は公領《こうりょう》だ」と因縁を付けて。土肥も三浦も在庁官人《ざいちょうかんじん》で、義朝に公領を増やしてもらわなければ儲からない。

源義朝の乱入は荒っぽく、大庭御厨方には死者も出たが、そのさい痛めつけられたうえに、御厨の儲けを義朝ばかりか三浦と土肥にも差し出し、無理やり義朝の郎等にさせられたのが、いま頼朝追討軍を率いる大庭景親の父だった。

――だが佐殿と梶原平三景時の所縁というのは聞いたことがない。

疑り深い頼朝が、一命を左右する梶原平三景時の言葉を、無条件に信じているのに。黙り込んだみなの眼を、朝日を照り返した相模湾が射る。眼下に垣間見える相模湾を一望できる場所まで出れば、三浦半島も見えるはずだ。

朽木の上に立った頼朝が、ぽつりと告げた。

「何としても三浦に連絡をつけねばならん」

三浦氏と縁が通じているのは、江間義時である。義時の烏帽子親《えぼしおや》は三浦義澄《よしずみ》（義明の子で、次の三浦惣領）であり、これをはたらきかけたのは、当時、所領争いなどもあって、近在の有力国人と無節操に縁を結びたがっていた北条時政だった。

だが二人は、いまだに激しく肩で息をしていた。政子の父である北条時政へ、頼朝が呼びかける。

「舅《しゅうと》殿」

時政はよろよろと蹲踞《そんきょ》して、頼朝へ返事しようとする。

――ゼイ、ゼイ、ゼイ。

今度は息子の方の江間義時に呼びかけた。

「小四郎」

義時も父の時政に倣《なら》って蹲踞して返事しようとする。

――ハア、ハア、ハア。

険しい山道を一晩中逃げ回り、二人とも疲労困憊《こんぱい》の体である。四十を過ぎて肥満した時政だけでなく、まだ二十にもならぬ義時まで、へばってしまっていた。

「しょうがねぇなぁ」

そう言って舌打ちしたのは、いま一人の時政の息子である三郎宗時《さぶろうむねとき》だ。江間に住む義時は、父と一緒の宗時と暮らしたことはないが、兄であることに相違はない。

宗時が頼朝に言った。

「おれが江間小四郎の代わりに、三浦殿に渡りを付けますよ」

「すまないが、そうしてくれるか」

朽木に立った頼朝が腕組みする。

「早川《はやかわ》は此処にいる土肥（実平）の領地だ。早川から船出して三浦に行き、海上のどこで落ち合うか決めてまいれ。だが十分に気を付けるのだぞ」

「任せてください。大庭勢がどの辺にいるのかは頭に入っていますから」

敗走中でありながら、頼朝たちは大庭軍の正確な位置を把握していた。梶原景時の報告のおかげである。だから宗時は胸を叩いて請け合ったのだろうが、本隊の大庭軍の動きに気を取られるあまり、梶原景時から注意を呼びかけられていたにもかかわらず、すっかり失念してしまったことがあった。別働隊の伊東《いとう》軍の存在である。

こうして三郎宗時は早川に向かい、頼朝は箱根を目指す。伊豆山（静岡県熱海《あたみ》市）に向かう加藤景廉が頼朝へ言った。

「御台《みだい》（政子）に佐殿の御無事をお伝えします」

「頼んだぞ、加藤次」

頼朝が応じる。

いま政子は伊豆山へ避難し、加藤景廉の兄弟である文陽坊覚淵の坊院にかくまわれている。

いまだ蒼い顔の北条時政が、えへんと一つ咳払いをして、へたり込んだまま仁田忠常と天野遠景に言った。

「わいら、わしと一緒なら安全だぞ」

だからおれを背負って行け——という意味だ。

時政は天城《あまぎ》山中の材木を筏《いかだ》に組んで狩野川を流し、駿河《するが》湾の沼津《ぬまづ》を経由して、西国まで搬送している。そのさい、近くの大岡牧《おおおかまき》の馬も取り扱っていたらしい。駿河国と縁が深い時政は、亡命先にも不自由しないのだろう。

みずから筏を引かねばならず、材木の利益を時政に吸い上げられている仁田忠常だったが、ここは時政の言う通りにするよりない。ややあってから、むっつりと時政に一礼した。

だが天野藤内遠景が、八の字眉に満面の笑みを浮かべて発したのは、仁田忠常よりも先だった。

「四郎主《ぬし》、よろしゅうに」と、時政を「主」と持ち上げてみせたのだ。これを聞いた時政が、へたり込んでいるにもかかわらず、ウヒャヒャヒャとまぜっかえした。

「藤内、いま申したことを忘れるなよ」

そんな時政たちを見向きもせずにいたのは、堀藤次親家だった。あくまでいっこくな表情を崩さぬまま言い放った。

「おれには江間殿に従い佐殿をお守りせよ、との御台様の御指図がある」

「ならば」

頼朝が土肥実平へとりなす。

「堀藤次を供に連れてよいか」

土肥実平が畏《かしこ》まる。最後に頼朝は、へたばった顔の江間義時へ言った。

「小四郎も予とともに参れ」

三

こうして頼朝主従は箱根への山道を急いだが、途中で伊豆山の衆徒に追いつかれた。息せき切ったその衆徒は、警戒を面上に現した頼朝主従へ発する。

「愚僧は文陽坊（覚淵）同宿《どうしゅく》にございます」

「どうして此処が分かったのだ」

なおも頼朝が太刀に手を掛けながら問うたところ、その文陽坊同宿が答える。

「梶原殿から教えてもらいました」

頼朝が太刀から手を離した。

「申せ」

「昨日二十四日、北条三郎（宗時）殿が討たれ申した」

文陽坊同宿の注進を聞いて、主従に動揺が走った。

「今日は二十五日か」

早川に出ようとした三郎宗時は、大庭軍に気を取られているうちに、別働隊の伊東軍に待ち伏せされて、討ち取られてしまったという。

頼朝は宙の一点を見据えていた。二十三日に大庭軍の総攻撃を受けてから、不眠不休だ。これほど過酷な日々は、平治《へいじ》の乱に敗れた二十年前以来だろうが、頼朝に弛《たゆ》む気配はない。

「藤次」と堀藤次親家を呼ぶ。

「伊東入道《にゅうどう》の軍勢の動きを探ってくれ」

源頼朝と江間義時に従え、というのが、主人と仰ぐ政子からの命令だったが、この場においては、堀藤次親家にも異存はない。

「承知しました」と即答して、注進に駆けつけた伊豆山衆徒の案内を受けて、伊東軍が出没しているという、伊豆山方面に向けて隠密行を開始する。

あとに残されたのは、土肥実平、江間義時、そして源頼朝だ。

「佐殿、先を急ぎましょう」

土肥実平にうながされて、頼朝がうなずく。そのとき、ちらと江間小四郎義時の方へ眼をやった。見透かされた気がして、義時が首をすくめる。

じつは三郎宗時の遭難を聞かされたとき、義時の心中は叫んでいたのだ。

――運がいい！

声には出せない。ともに暮らしたことがないとはいえ、三郎宗時は兄なのだ。その横死を喜ぶような真似《まね》などできるはずもなかったが、それでも義時の心中は叫ばずにはいられなかった。

――運がいい！

もし義時にまともな体力があったなら、早川へは義時が行くはずだった。だらしなくへたばってしまったせいで、宗時が義時の代わりに早川へ向かったのだ。

「まいるぞ、小四郎」

小四郎義時は主君の頼朝に助けられながら、ヨタヨタと山道を進んだ。その様は主客転倒もいいところだったが、それでも義時の心はつぶやき続けていた。

――おれの人生、幸先《さいさき》がいい。

やがて一行は、箱根山別当行実《べっとうこうじつ》の弟、永実《えいじつ》と出会う。永実は別当行実の命令で、頼朝を迎えに来たという。

別当兄弟は味方だったが、箱根全山が味方というわけではない。長である別当に反する衆徒など、寺社では珍しくもなかった。

だから箱根潜伏にも、よほど気を付ける必要がある。頼朝主従を案内した永実は、夜半まで待ってから箱根に入り、そっとある坊院に導いた。

「此処は院主が喧嘩で殺された坊院でございます。以来、その院主の幽霊《ゆうれい》が出るとの噂がたつようになったせいで、誰も寄り付かぬようになりました。かえって好都合かと存じます」

人目のある別当坊では危険という意味だ。

「明朝、朝餉《あさげ》を献じに参る者は人相こそ悪うございますが、いまの場合にはかえって信頼できるかと存じ申す。京都で平家の伺候人を斬り殺して、この箱根に逐電《ちくでん》してまいった者でございますから。本当の名は分かりませぬが、その者、鬼窪《おにくぼ》、と名乗っており申す。」

そう言うと永実は、三人分の夕餉を置いて、坊院の裏口から姿を消した。永実の運んでくれた食事には、酒や醤《ひしお》などの調味料が添えられておらず、ちょっと一同は味気ない表情になったものの、口に運んでみると、すでに味が付けられているではないか。そうと分かれば、一同の食欲を邪魔するものはない。山中を逃げ回っている間、ろくに食っておらず、みな緊張から解き放たれたような空腹を覚えた。

三人は物も言わずに飯を食らいだす。行儀のよい頼朝まで、がつがつとほおばった。だが満腹してしまうと、頼朝の顔が不安げに変わった。先ほどの永実の話を思い出したのである。

「おい、灯《あかり》を点けて、あたりを照らしてみろ」

頼朝に命じられ、まだ口をもぐもぐさせていた土肥実平が、屋内を照らしてみる。灯に照らされた板壁に、大きな染みが浮かび上がった。何かが飛び散った茶褐色の染みで、何かが垂れた跡まで生々しく残されている。

「血飛沫《ちしぶき》に見えるな」

そう発した頼朝の声音が、いやに響く。不気味に跳ね返ってきた己れの声音に金縛りとなった頼朝の目の前で、茶褐色の斑《まだら》模様を刻んだ板壁が、急にガタガタと揺れ出した。

魂も消し飛んだ頼朝の眼に映ったのは、その板壁に切られた扉が開いて現れた顔だった。てっきり幽霊が出たと卒倒しかけた頼朝へ、板壁の扉から顔をのぞかせた者の声が聞こえた。

「灯が見えましたので」

その声を聞いた頼朝が、冷静さを取り戻して返す。

「なんだ、現形《げんぎょう》の者か」

拍子抜けした頼朝の声を聞いて、顔をのぞかせた者が眉をひそめる。

「幽霊だったなら万々歳です。現形の者と違って、刀刃を握る手を持ち合わせておりませぬからな。御一同、智蔵坊《ちぞうぼう》はすぐそこでござるぞ」

声を険しくして続けた。

「もしおれが智蔵坊の同宿だったなら、御一同はいまごろ幽霊の仲間入りじゃ」

頼朝の傍らから、義時が口を出す。

「わいが鬼窪か」

「そうです。朝餉を献じるため明朝に参じるつもりでしたが、灯が漏れておりましたので。もし智蔵坊に灯を見られた場合、たぶん幽霊が灯したとは思ってくれんでしょうからな」

皮肉まじりに発した鬼窪は、口髭《くちひげ》を生やしているのに、垂髪《すいはつ》を束ねて背に垂らした童形で、牛飼童《うしかいわらわ》みたいな姿だった。先ほど永実が、平家の伺候人を殺して逐電してきた者だと言ったが、それを聞かされていなくとも、眼つきだけで尋常な稼業の者ではないと分かる。

「ところで鬼窪、智蔵坊はそれほど間近なのか」

土肥実平が尋ねる。鬼窪は答える代わりに、真っ暗な戸外へ顎《あご》をしゃくった。対面あたりを指さす。要注意な坊院に智蔵坊があることは、永実からも教えられていたが、迂闊《うかつ》に屋内で灯も点けられぬほど間近だとは思わなかった。一枚岩ではない寺社も、たいてい谷ごとのまとまりはあるのに、いまの箱根社は敵味方が網の目のように入り組んでいるらしい。

夜が明けてみると、智蔵坊が急勾配の狭い道を挟んで、すぐ隣にあるのが分かった。谷々にびっしりと坊院が建ち並ぶさまは、寺社ではよく見る光景だったが、頼朝の命を狙う坊院は、目と鼻の先にあったのだ。

鬼窪から朝餉を献じられた三人は、昨夜同様に夢中でこれを食らう。ふと気付けば、鬼窪が格子窓から智蔵坊の方をうかがっていた。

「剣呑《けんのん》な動きか」

そう問うた頼朝へ、背中を向けたまま鬼窪はうなずく。無言で扉を抜けて外へ出る。

そこは庭とも呼べぬ狭い井戸端だったが、智蔵坊の同宿が一人、忍び込んできていた。

「客僧、いかがされた」

不意に鬼窪から声をかけられ、その智蔵坊同宿は、素早く身構える。逃れようとして、行く手を鬼窪に塞がれた。鬼窪の右手で刃が閃光のように走って、智蔵坊同宿の眉間をあやまたず斬り割った。声も立てずに斃《たお》れる。己れの短刀を抜いたのか、智蔵坊同宿の短刀を奪ったのかもわからぬ早業《はやわざ》だったが、鬼窪は顔色も変えずに、その智蔵坊同宿の斬死体を井戸に投げ込むと、油断なく智蔵坊の方をうかがいながら屋内へ戻ってきて、頼朝主従へ告げた。

「じきに勘づかれる。すぐに此処を引き払った方がいい」

頼朝と実平が同時にうなずく。急ぎ腰を上げたところ、義時はまだ櫃《ひつ》を抱えて飯を食っていた。

「小四郎、参るぞ」

ちょっと苛立ったように頼朝が呼びかけたところ、のろのろと腰を上げた義時が、呑気《のんき》な顔で答えた。

「ただいま。なれど、それがし、ちょっともよおしておりまする」

厠《かわや》の方を指さした義時に対し、舌打ちしながら頼朝は言った。

「おまえの糞《くそ》は長い。とっとと済ませろ」

義時が厠に籠もっている間に、頼朝が鬼窪に命じる。

「永実に過書《かしょ》（通行手形）の用意をするよう告げてまいれ」

傍らで実平がうなずいた。

「箱根の過書があれば、足柄《あしがら》を抜けて真鶴《まなづる》まで入れます」

こんな危急の場でも、梶原景時の注進は、正確に続いていた。それによれば、頼朝が味方と恃《たの》む三浦軍は、石橋山で頼朝軍が崩壊してしまったため、三浦に引き返そうとしたところ、由比ヶ浜《ゆいがはま》の辺で、畠山重忠《はたけやましげただ》の軍勢と遭遇戦になったという。

この合戦が痛み分けに終わった畠山重忠は、あくまで平家の命を奉じるべく、同じ秩父党《ちちぶとう》の河越重頼《かわごえしげより》、江戸重長《えどしげなが》を召集すると、大軍となって舞い戻り、三浦氏の本拠がある衣笠城《きぬがさ》へ押し寄せていった。

畠山軍の猛攻を支えきれなくなった三浦方は、衣笠城を放棄して、三浦半島から船で安房沿岸まで退却したのだが、そのおり一門惣領の三浦大介義明が、主だった一門衆へ告げ置いたという。

「次の三浦惣領は荒次郎《あらじろう》（三浦義澄）だ。その家督は平六《へいろく》（義澄の子、義村《よしむら》）が引き継げ。そしてもともと直系だった小太郎義盛《こたろうよしもり》は、別家を立て和田《わだ》を苗字とせよ。三浦と和田は同格とする」

一門惣領の決定にみな承服したが、一門衆の誰かが声を上げた。

「惣領はいかがあそばす」

「わしか」

すでに八十九になる三浦大介義明が、老い皺《しわ》ばんだ顔を不敵に笑わせて応じる。

「わしはこの衣笠城を枕に討死する」

一座がどよめいたが、次の句を継がせず、大介義明が呼ばわった。

「なぜだか分かるか」

一門衆を見渡した大介義明が続ける。

「佐殿に三浦一門を信頼してもらうためよ。佐殿は容易に人を信じぬお方じゃ。安房に逃れた三浦一門の心底に疑いを抱くやもしれぬ。なれど、わしが此処で一命を奉じたと聞けば、必ず佐殿は安房に渡海され三浦一門と合流なさろう」

大介義明は頼朝が生きていることを前提に、語っていた。誰が頼朝の無事を伝えたのか、一門衆は訊かなかったが、大介義明の檄《げき》は続く。

「三浦一門がここまで大きくなれたのは、頭殿《こうのとの》（頼朝の亡父、義朝）の御恩のおかげじゃ。恩こそ主よ、と武者どもはうそぶく。それこそが弓矢の道理ではないか——と。

なんと公儒《こうじゅ》から外れた道理よ。だがその道理を貫いてこそ、弓矢の面目が立つというものではないのか。この関東で大きな顔をするには、その道理を他の武者たちに見せつけねばならん。いまはこの老いぼれの一命に、三浦一門の存亡が掛かっておるのじゃ」

その大介義明に対して、次の惣領に指名された三浦義澄が答える。

「惣領のお覚悟は確かに承り申した。なれど畠山次郎（重忠）が道理を知る武者であったなら、この城にたった一人残った三浦惣領を討ち取る真似はいたしますまい」

「それはどうかな」

三浦大介義明は平然と言い放った。

「弓矢の道理よりも平家の宣旨《せんじ》の方を重んじるなら、わしの首くらいやすやすと取るであろう」

その三浦義明の予言通り、畠山重忠は衣笠城を陥落させ、大介義明を討ち取った。

石橋山で頼朝軍を壊滅させた大庭景親の軍も畠山軍の援護のため、三浦半島に入る。

頼朝主従はその隙を狙って、真鶴から船出しようというわけだが、一つ困ったのは、大庭軍が三浦半島まで出張したため、大庭軍に従軍している梶原景時も、三浦半島まで行ってしまったのだ。おかげで別働隊の伊東軍の動きについては、梶原景時の報告よりも精度のない堀藤次親家の注進に頼らざるを得ない。

人目につくのを恐れながら真鶴に入った頼朝主従は、この真鶴を領地としている土肥実平の調達した舟で渡海しようとする。

安房沿岸まで舟を漕ぐ、と申し出た土肥実平に対して、頼朝はかぶりを振った。

「その方では顔を知られ過ぎている」

頼朝の視線が、此処まで一緒についてきた鬼窪へ注がれる。「舟の漕ぎ方を知っているか」と頼朝から問われ、当然のように鬼窪はうなずく。

「ほう、わいにできるのは人殺しだけではないんだ」

場違いに呑気な義時の声を遮って、頼朝が鬼窪に命じる。

「ならば、童子《どうじ》が漕げ。（土肥）実平はこの真鶴に残るのだ。此処に真鶴で顔を知られた実平が残れば、予の行方をくらますことができる。実平、此処に残って伊東入道の軍勢に追われたなら――」

「ご安堵くだされ。此処はこの実平の領地にござる。伊東入道の軍勢には不案内な敵地。敵勢を引き込んで日数を稼ぐくらいの術は心得ており申す。そこまで佐殿に心配をおかけしては罰が当たりますわ。この実平も苗字の地を持つ武者にございますれば」

こうして土肥実平と鬼窪は舟を調達に行き、頼朝と義時は真鶴の海岸でこれを待った。

頼朝と義時が潜んで舟を待ったのは、三方を崖に囲まれた狭い海岸である。崖が外からの視界を遮断しているが、もし端《はな》から頼朝たちが此処に潜んだと伊東軍が分かっていれば、どこにも逃げ場はない。背後と左右を囲んだ崖は垂直に切り立っており、開けた前方に広がるのは相模湾だ。

頼朝は背後と左右の崖に圧迫された気がして、居心地悪げに海岸の石に腰を下ろしていたが、義時はただ前面の海をボンヤリ眺めていた。その横顔を盗み見た頼朝が問う。

「小四郎、何を考えておる」

「……早く舟が来ぬかと」

これほどに間延びした義時が江間領を継げたのは、六歳上の姉、政子のおかげだと、頼朝も思わざるを得ない。

江間はもともと伊東氏の所領だった。三郎宗時を討ち頼朝の命を狙って執拗《しつよう》な追跡を続けている伊東入道祐親《すけちか》の伊東氏である。北条時政はその伊東氏の婿《むこ》となった。婿には二通りある。目上の婿に仕える場合と、目下の婿に仕えさせる場合だ。むろん北条時政は後者であり、その場合には持参金ならぬ持参所領があった。江間はその持参所領だったのだが、その領主は義時生母の伊東氏であり、彼女が死んだなら、継承権は彼女の遺児である義時にしかなかった。伊東氏女の夫であったにもかかわらず、北条時政の手出しは許されていない。

すっかりあてがはずれてしまった北条時政だったが、そのまま黙って引き下がる北条時政ではなかった。江間は伊豆第一の伊東氏の所領である。時政は近在の領主に賄《わい》賂《ろ》を贈り、文書を偽造するなど、八方手を尽くして江間を手に入れんとしてきた。伊東入道と北条時政は江間をめぐって対立したわけだが、むろん伊東入道とて政子に味方して時政と対立したわけではなく、持参所領の江間が義時に渡って伊東氏から離れるのを防ぐために、江間を取り返そうと目論んできたのである。

つまり江間は二重の危機にあったわけだが、その危機に立ち向かったのが義時の姉である政子だった。政子は時政の圧力を跳ね返し、伊東入道の理不尽な要求を跳ねのけるため、伊豆山を味方に付けて、江間領を守り抜いた。

当時の公けは寺社であり、しかも山がちな伊豆国は耕作地が少なく、主な産業は砂金、材木、馬牧であり、これらには交易が必要だから、寺社の影響力は大きかった。北条時政は伊豆山と競合する三島社との関係が深い。この競合関係を利用して、政子は伊豆山を味方に付けたと思われる。伊豆山が政子の味方になった以上、北条時政だけでなく伊東入道の介入も排除しなければならない。両者が対立していようとも、両者とも江間を狙っていることに変わりはないのだから。政子は地券文書等も伊豆山に預けて、北条時政のみならず伊東入道からの強奪も防いだ。

目の前にひらけた海に、一艘《いっそう》の舟が浮かぶ。頼朝と義時が同時に発した。

「舟だ」

沖合を滑る舟の漕ぎ手の顔を判別するには距離があり過ぎるが、どうやら漕ぎ手は鬼窪らしい。凪いだ海は青く穏やかで、数日前の凄まじい波浪が嘘のようだ。

沖合を滑る舟が、しだいに海岸に近づいてくる。頼朝主従が待つ此処へ来るかと思いきや、肩透かしを食わせるように、舟は見当違いの入り江に姿を消した。この付近の海岸線は垂直な崖が凸凹を繰り返し、頼朝主従が待つ地と似た場所をいくつも作り出している。

「鬼窪の奴、間違えたかな」

のんびり腰を下ろしていた義時が、あたふたと身を乗り出したところ、頼朝にたしなめられた。

「あの童子は間違ってなどいない。まぁ、見ていろ」

「わかりました」

じつに素直に言って義時は頼朝の隣に腰を下ろし直す。頼朝と並んで目の前の海を見つめた。小半時も過ぎたころだろうか。先ほど見当違いの入り江に姿を消した舟が、そっと忍び出てきた。今度は海岸線にへばりつくように舟を進ませてくる。

「わざと見当違いの場所に入ってみて、伊東勢に見張られていないか、確かめたのだろう。沖合を通らねば此処に舟を着けられないが、相模湾の沖合はどこからでも一望できる。もし伊東勢に見張られていたなら、鬼窪の動きにつられて、舟の入った見当違いの場所を伊東勢は襲ってくるだろう。伊東勢に見張られていないか、小半時ほど待って伊東勢が襲ってこないのを確かめてから、今度は視界の利かぬ海岸に沿って此処に舟を着けるつもりだ。なかなかに慎重な奴だな」

頼朝の睨んだ通り、やがて舟を漕ぐ鬼窪が姿を現す。頼朝と義時が乗り込むと、安房沿岸を目指して舟を操り始めた。三浦半島を迂回するとき、意外に大きなうねりに襲われ、舟は波に呑まれそうになったが、鬼窪は慣れた櫓《ろ》さばきで躱《かわ》し切っていく。江戸湾に入ると、すぐに安房国の海岸が見えてきた。

もうすぐそこだ。海も凪いでいる。だが安心するのはまだ早い。安房沿岸は三浦氏の影響力が強かったが、侵攻してきた三浦氏に反発する勢力も残っていた。だから当初は海上で三浦水軍と落ち合う計画を立てていたのだが、早川に向かった三郎宗時が伊東勢の待ち伏せに遭って討たれてしまい、頼朝主従は直に安房沿岸へ向かわねばならなくなった。

　頼朝主従は安房沿岸まで迫ったが、そのまま沿岸に舟を着けず、いったん沿岸に対面した無人島に入った。この島は安房沿岸のすぐ目前だったが、高い崖に囲まれたこの島によって、沿岸からの視界は遮断されており、島の裏を安房沿岸からは見通せない。此処ならば沿岸の者に気付かれずに舟を着けることができた。

　その島に舟を着けるとき、義時が迫ってきた高い崖を、黙って仰いだ。

「どうした、小四郎」

　頼朝に問われた義時が、ずいぶん経ってから返事した。

「いや、この島、人がいるときがあるのです」

　安房沿岸と間近なため、漁期には漁夫たちがこの島で寝泊まりしているという。

「それを早く言え」

　義時の言葉に憤慨した頼朝だったが、断崖を見上げた鬼窪は、かぶりを振った。

「いや、誰もいませんよ」

　そう鬼窪が言えば、頼朝も疑わなかった。

　舟を着けた三人が島に入ってみると、高い崖には人が拓いた道が付けられており、平坦になった頂上部には、数軒の小屋が残されていたが、全て無人だった。

そのうちの一軒に腰を落ち着けた頼朝主従は、夜陰に紛れて沿岸に舟を寄せ、付近に隠れて夜明けを待ったのち、沿岸部の様子を探ることになった。

「三浦一門衆の顔を知っているのはおれです」と、真っ先に探索を買って出たのは義時だったが、たちまち頼朝に止められた。

「小四郎はやめた方がいい」

その頼朝の視線が鬼窪に注がれる。

「童子、すまぬが行ってくれるか」

「承知しました」

さっそくに腰を上げかけた鬼窪を、義時がのんびりと制する。

「わい、三浦一門衆の誰を尋ねていけばよいか知らぬであろう。その御仁の人相も。それにおれの使者に間違いないと一門衆に信じさせるには、おれの人相を的確に伝える必要もあるぞ」

油断のない鬼窪が、びっくりしたように義時を見直す。

「仰せの通りです」

腰を据え直した鬼窪へ、義時が教えた。

「此処が三浦衆の地であると確かめたなら、まず一門衆の一人、佐原十郎《さはらじゅうろう》（義連《よしつら》）殿を訪ねよ。必ず惣領（三浦義澄）か次の惣領（三浦義村）に取り継いでくれる」

続いて義時は、佐原十郎義連の人相体格を伝える。その口調は相変わらず間延びしていたが、少しも無駄のない言葉で、正確にその特徴を伝えていた。

ますます義時を見直した鬼窪が、声をひそめて義時に問うた。

「御自分の人相も言えますすか」

すると義時は、他人が言い当てるように、己れの人相を説明してみせた。鬼窪が感服した声で答える。

「もし此処が三浦の地であったなら、佐原十郎殿には、いま江間殿のおっしゃった通りに伝えます」

その夜半、島を出た鬼窪は、海岸の目立たぬ所に舟を着けて、夜が明けて周囲が明るくなると付近を探りだした。目立って大きな屋敷の大門に、丸に三つ引きの白旗が掲げられている。丸に三つ引きは、三浦の軍旗だ。

目途を付けた鬼窪が、その奇怪な童子姿を現すと、大門を守る武士は警戒の色を強めたものの、義時に教えられた通りに佐原十郎の人相を伝え、「江間殿の使者です。佐原十郎殿にお目にかかりたい」と告げたところ、すぐに佐原十郎に面会できた。

佐原十郎から義時の人相体格を訊かれ、これまた義時自身が語った通りに伝えると、佐原十郎は鬼窪を信用して用件を尋ねる。

おかげで滞りなく頼朝の到着を、安房の三浦一門に報じることができた。三浦一門との合流に成功したことで、頼朝がさらされていた一命の危機は去った。

しかし鬼窪に先導された三浦衆が、大挙して島まで迎えに来るまでのあいだ、頼朝は義時に語っていた。

「全ては政子のおかげだ」

関東の雲行きが怪しくなり、下向してきた大庭景親が、平家の命令を奉じた官軍であると触れ回るや、関東の武士たちもこぞって其方に奔《はし》った。畠山重忠の秩父党《ちちぶとう》もその例外ではなかったのに、そんななかにあって、政子一人だけは、迷いなく頼朝の味方を宣言した。

治承の旗揚げには反平家の武士たちが集まったが、その中核になったのは、政子に命令された江間近在の武士たちなのである。もし頼朝に率いる武士たちすらいなかったなら、はたして反平家の武士たちは、頼朝を総大将に仰いだだろうか。

土肥や三浦、あるいは佐々木《ささき》四兄弟のような古くからの源氏党ですら、その挙兵を危ぶんだに違いない。北条時政も政子の意向に逆らえず、頼朝の味方を決めたのだ。

ましてや狩野茂光《かのうもちみつ》となれば、もう頼朝も源氏も関係ない。狩野茂光が頼朝方に付いたのは、とにかく伊東入道祐親が憎かったからだ。もともと伊豆第一の国人だった狩野茂光は、平家に取り入ることに成功した伊東入道祐親に、その座を奪われてしまった。

有名な曾我《そが》兄弟の仇討の原因となった、工藤祐経《くどうすけつね》の放った刺客による、河津祐泰《かわづすけやす》（曾我兄弟の父）暗殺も、おそらく真の標的は伊東入道祐親だったのだろう。河津祐泰暗殺の場に、伊東入道祐親もいた。親子だった両者は背格好が似ていたうえに笠《かさ》で顔が見えにくく、しかも襲撃は夕方の薄暗い刻限であり、両者ともに矢を浴びせられたという。河津祐泰は伊東入道祐親と間違われて殺されたのかもしれない。河津祐泰暗殺の刺客たちが逃げ込んだのは狩野茂光の領内であり、報復に出た伊東入道祐親は、祐泰暗殺の刺客たちを狩野茂光の領内に踏み込んで討ち取っている。

だから戦功の第一は、政子だ。政子こそが純粋な頼朝の崇拝者である。伊豆に流されてきた頼朝は、まさしく「掃《は》きだめの鶴」だった。頼朝が流人だったからこそ、政子は頼朝と夫婦になれたのである。

「戦功の第二は？」

義時に問われた頼朝が、ややあってから答えた。

「梶原平三だ」

頼朝の妻となった政子の弟である江間小四郎義時も、源頼朝と梶原平三景時との出会いは知らない。

四

ある夜更け、夜陰に紛れて、まだ流人だった頼朝の屋敷を訪ねてきたのだ。頼朝には当時から比企尼《ひきのあま》という後援者がおり、その仕送りのおかげで生活の不自由はない。傍からは呑気そうに見えたかもしれないが、じつは安穏に見える頼朝の頭上には、常に「ダモクレスの剣」がぶら下がっていたのである。

平治の乱の敗者となって滅亡した源義朝の嫡子であり、死一等を減じられて伊豆に流された頼朝は、決して京都の平家から眼を離せなかった。もし平家がこちらに眼を向けてきたなら、素早く眼をそらして見ていないふりをするであろう。だが平家の眼が離れたなら、また頼朝は息を殺して其方を盗み見るのだ。

そんなとき、伊豆大島に流されていた頼朝の叔父、鎮西八郎為朝《ちんぜいはちろうためとも》追討の宣旨が下った。このこと自体は京都の情報源である三善康信《みよしやすのぶ》から伝えられていた。史《し》や出納《すいとう》として京都朝廷に仕える三善康信は、その職務上、追討の宣旨の実物を披見できる。

だが、宣旨そのものは鎮西八郎為朝の追討を命じる文面であったとしても、内々の命というのがあった。内々の命まで下級官人の三善康信には知り得ない。

文面に書かれることのない内々の命が下されたのではないかと、頼朝は危惧した。文面の鎮西八郎為朝追討は口実にすぎず、その真の標的は頼朝ではないのか――と恐れたのだ。

源氏の正統は鎮西八郎為朝ではなく、頼朝の方なのである。伊豆大島で乱暴を働いて追討の口実を与えた鎮西八郎為朝に対し、平家の眼を決して忘れない頼朝は、息をひそめる日々を送っていた。それでも間近で追討の宣旨が下されたと聞けば、名指しされたような恐怖に、身が痺れる思いだ。

追討使《ついとうし》（追討軍の大将）に名乗り出たのは、のちの治承の旗揚げでは頼朝に付いた狩野茂光である。追討使の号令によって、伊豆の各地から大勢の武士たちが集まってきた。

俄《にわ》かに頼朝の周囲がきな臭くなる。重武装の武士の集団に、取り囲まれた心地だ。もしその一軍が、伊豆大島に行くふりをして、頼朝の館に矛先を転じてきたなら、ひとたまりもあるまい。

そんなおりに、梶原景時は頼朝館にやって来たのだ。

「佐殿にお取次ぎ願いたい」

応対に出た雑色《ぞうしき》に、そう告げる。

雑色たちは、みな眉に唾を付けた。どうもあやしい、追い返した方がいい、頼朝に会わせてはまずい、と口々にささやき合う。だが景時は明快にこう告げた。

「佐殿にお伝えあれ。内々の命などござらぬ、と」

その一言は劇的に効いた。対面の場に飛び出してきた頼朝へ、景時は沈着に続ける。

「鎮西八郎殿追討の詳細については、従軍する加藤次郎景廉なる武士を参上させますので、その者にお尋ねください」

それだけ告げると、梶原景時はさっさと退出してしまった。以来、頼朝は景時に会ったこともない。だが景時が約束した通り、加藤次郎景廉は頼朝館へ報告にやって来た。そしてこのたび石橋山で危機に陥ったさいには、頼朝の一命を救う情報を、大庭軍のうちから発信し続けたのである。

そんな頼朝へ、戦功の第二を問うた義時が発した。

「おれは梶原平三殿を存じませぬゆえ。おれにとっての戦功の第二は、別の者にございます」

誰を指しているのか、すぐに頼朝には分かった。

「鬼窪だな」

「さようにございます」

「佐殿、あの鬼窪をそれがしにいただけませぬか」

「所望の理由を聞こう」

「佐殿が鬼窪をほめていたからです」

頼朝館に仕えているのは、鬼窪と同類の輩が多い。だから頼朝には、見る目があった。だが頼朝はかぶりを振りながら義時へ言った。

「予が雑色と呼ばれる者たちを召し使っているのは、予に仕えようとする武士たちがいないからだ。予と雑色どもとは、爪弾きされた根無し草同士なのだ。互いの信頼感があるのもそのためだ。小四郎、そなたには江間という苗字の地がある。根無し草ではないそなたが、根無し草の鬼窪を召し使おうというのか」

「佐殿の雑色の召し使い方は間違っています。誰も根無し草なんぞ、望んではいませんん」

ずいぶん失礼な言いぐさだったが、頼朝は何も言わなかった。黙って腰を上げる。義時も続いた。

二人が小屋を出て、崖道を下ると、三浦衆を舟で先導してきた鬼窪が、島まで戻ってきたところだった。頼朝が前置き抜きに呼ばわる。

「童子、この小四郎はその方を欲しい、と申しておる。承知か」

「はい」

間髪入れずに、舟の鬼窪から返ってきた。

五

三浦衆に奉じられて息を吹き返した頼朝方に上総広常《かずさひろつね》の大軍が合流してきたとき、関東の帰趨《きすう》は決まった。

上総氏が関東一の豪族であることは、その苗字を見ればわかる。他の豪族と違って、上総氏は国名を苗字としていた。一国を股《また》にかけていないかぎり、そんな苗字は許されない。

史書には同じ房総平氏でも千葉《ちば》氏の方が先に頼朝に参じたように記してあるが、どう考えても、上総氏の方が先であろう。上総広常は旗揚げの初めから、一貫して反平家方として行動している。三浦氏が衣笠城を畠山軍に攻められたさいにも、迷わず援軍を送っていた。

かつて源義朝（頼朝の亡父）が関東制圧の足場にしたのが上総氏であり、これに対して千葉氏は義朝から相馬御厨《そうまみくりや》を脅《おど》し取られた過去があった。

安房で三浦氏に奉じられて頼朝が再起したさい、頼朝方の勢いを付けたのは、上総広常の大軍であり、当初の頼朝が頼みとしたのも、上総氏の方だったはずだ。

房総半島で再起した頼朝は、大軍を率いて関東平野を西へと向かう。平維盛《たいらのこれもり》を大将とする平家の追討軍が、東海道を下ってきていたのだ。もし平家の追討軍に敗れるようなことになれば、関東の地は再び平家の天下に逆戻りしてしまう。

頼朝軍は予定戦場である駿河《するが》国へ急がねばならない。駿河国に先回りしていたのは、甲斐《かい》源氏（武田《たけだ》氏、安田《やすだ》氏）だったが、同じ源氏だからといって、彼らが味方とは限らなかった。もし頼朝軍の到着が遅れた場合、甲斐源氏は平家に寝返り、その先棒を担いで関東に乱入してくるかもしれない。そうさせぬためにも、頼朝はいち早く駿河に入って、大軍で甲斐源氏を牽制《けんせい》する必要があった。

その頼朝を長井《ながい》の渡《わたし》（武蔵《むさし》と上総の国境）で待ち受けていた畠山重忠が、秩父党の面々を率いて降伏を申し出てきた。降伏してきたはずだが、重忠は尊大そのものの態度で言い放った。

「我ら秩父党が佐殿のお味方となれば、この武蔵国を通って駿河に出んとする佐殿を妨げる者はおり申さぬ。そうなれば、佐殿は勝ったも同然。小松中将《こまつちゅうじょう》(平維盛)の追討軍を京都へ追い返し、この関東は佐殿のものとなり申す」

さすがにそうまともに言われれば、頼朝も返す言葉もない。黙り込んだ頼朝だったが、まさしくその通りだった。武蔵国のど真ん中に居座る秩父党が味方に付けば、駿河への道が空くだけでなく、来たる平家追討軍との合戦では、大勢力の秩父党を先兵に使えるのだ。

万々歳と言いたいところだったが、そうはいかない問題があった。

三浦氏である。旗揚げの当初から味方に付いてくれたのも三浦氏なら、安房で頼朝を迎えてくれたのも三浦氏である。衣笠城で三浦大介義明が討たれたのも、節を屈せず頼朝に味方し続けた結果だ。

その三浦大介義明を討った張本人が、畠山重忠なのである。畠山重忠はいまの三浦惣領(三浦義澄)にとって父の仇《かたき》だ。三浦衆にとっては、一門惣領の仇だった。この世で最も重い仇ではないか。

勝手に頼朝の次座を占めた畠山重忠を、頼朝は咎《とが》めなかった。

「しばし待つがよい、いま三浦の者たちと引き合わす」

そう頼朝が押し殺した声で告げると、お手並み拝見とばかりに、重忠に微笑が浮かんだ。頼朝が傍らに控える江間義時にささやく。

「次の間に三浦の者どもはいるのか」

義時がうなずく。

「ならば、関所《かんじょ》に三浦の惣領を呼んでくれ」

頼朝が三浦氏を説得するつもりだと悟った義時が、次の間に入って、座を埋めた三浦衆へ低く呼ばわる。

「佐殿がお呼びにござる」

惣領の三浦義澄と、次の惣領である三浦義村が、同時に腰を上げる。

「ああ、ちょっと」

義時の間延びした声が、二人を引き止める。

「お召しに応じるのは、お一人でよろしいか、と」

「なぜだ」

惣領の三浦義澄に不審げな表情が宿ったが、次の惣領である義村にはピンときたらしく、江間義時のとぼけた顔を、イタチのように盗み見る。即座に「佐殿の御下命を受けるべきは、三浦衆を束ねる惣領一人であるべき」と助け舟を出して、みずからは上げた腰を再び下ろして引き退いた。

こうして三浦惣領の義澄は、納戸のような薄暗い「閑所」へ引き込まれ、待ち受ける頼朝からひざ詰めの説得を受けた。

やがて納戸から出てきた三浦義澄は、戸口で待っていた江間義時へ淡々と告げた。

「畠山との遺恨《いこん》を水に流すことにする」

「いまから御一門の衆へ、その旨、説き聞かせますのか」

「それが惣領の務めだからな」

そう答えた義澄の耳元で、義時がささやく。

「畠山との遺恨を水に流す代わりに、いかなる要求を佐殿へ言上されましたや」

「何の要求もしていない」

かぶりを振った義澄の眼ざしが鋭く変わったが、相変わらずの受け流す風情で、義時はぼそりと応じた。

「賢明な御判断です」

苦笑した三浦義澄が、その肩をポンポンと叩いて、一門衆の待つ次の間へと姿を消していった。

六

富士川《ふじがわ》の合戦は、「水鳥の羽音」で名高いが、水鳥の羽音に驚かされようと驚かされまいと、平維盛率いる平家の追討軍に、退却する以外の道は残されていなかった。

予定戦場の駿河国に入ってみれば、行く手を塞いで立ちはだかっていたのは、源頼朝に率いられた関東武士の大軍であり、うっかり前進すれば、富士方面まで進出していた甲斐源氏に、背後へ回られてしまう恐れがあった。おまけに当地で道案内を務めるはずだった橘《たちばなの》遠茂《とおもち》まで滅亡しており、駿河はまったくの敵国となってしまっていた。平家軍は敵地で袋の鼠《ねずみ》と化して、全滅させられる危機が迫っていたのだ。

平家軍の退却は臆病というより、理性的と言った方が正しいと思うが、平家の追討軍を追い返したことで、源頼朝の関東覇権が決まった。

ずっとどこかに隠れていた北条時政が、甲斐源氏を味方に付けたのは自分であるかのような顔をして、頼朝へ勝利の祝賀を述べに来たのはこのときである。

平家の宣旨を奉じて頼朝追討の先頭に立った大庭景親が、逆に頼朝への反逆の罪に問われて斬首された。伊東入道祐親も、伊豆半島から脱出しようとしたところを捕縛《ほばく》される。伊東入道祐親を捕縛したのは、八の字眉の天野藤内遠景だ。天野は伊東入道が脱出しようとすれば、海路を使うよりほかないと睨んで、伊豆半島の全ての港に網を張って先回りしていた。

伊東入道祐親は大庭景親と並ぶ平家方の首魁《しゆかい》である。捕縛した天野藤内は八の字眉をピクピクさせて得意満面となったが、じつは頼朝に面倒の種を持ち込んでしまったのだ。

伊東入道祐親は生かしておけない。だがその子の伊東九郎《くろう》は頼朝の命の恩人だった。かつて伊東入道祐親が平家への忠誠心を示すために、自分の娘と子を為した頼朝へ討手を差し向けたとき、これを事前に知らせて頼朝の命を救ったのが、伊東九郎だったのである。

頼朝が伊東九郎に報いるのは道理だ。だが、頼朝が伊東九郎に報いるとは、新恩の領地を与えることである。どうして伊東九郎が、父（伊東入道祐親）の仇となった頼朝から、恩給を受けられようか。やむなく頼朝は伊東九郎を内々の処置として、西国（平家方）への追放処分とする。頼朝はこの処置について沈黙を守ったが、空気を読まずに伊東一族を残らず捕縛して頼朝の古傷を抉《えぐ》った天野藤内に、はたしていかなる感情を抱いたのだろうか。

関東の覇権を確立した頼朝が東国の王となったとき、誰よりもこれを喜んだのは上総広常だった。

関東を代表する上総氏は、あの平将門《たいらのまさかど》の末裔《まつえい》だ。関東独立構想を脈々と受け継ぐ上総氏は、百年ほど前にも直接の先祖である平忠常《ただつね》が大規模な反乱を起こしており、将門以来二百数十年の宿願が、とうとうかなったのだ。

もともとの名望といい、頼朝覇権への貢献度といい、上総広常は己れが大きな顔をするのは当然だと考えたようである。そんな上総広常に気を遣っていた頼朝だったが、やがて転機が訪れた。

寿永《じゅえい》二年の十月宣旨である。このとき頼朝は、西の京都朝廷（後白河《ごしらかわ》法皇）と和解した。京都朝廷の元号を関東府も使うことによって、京都朝廷が支配する日本国に復したのである。不倶戴天《ふぐたいてん》の敵である平家が、源（木曽《きそ》）義仲《よしなか》によって追い落とされたのが契機だったが、滞りなく和解が進んだのは、西（京都朝廷）も東（関東府）も、その機会をうかがっていたからだ。

当然、上総広常は十月宣旨に反対した。関東は京都から独立した存在であるべきだと、あくまで主張したのである。頼朝はそんな上総広常の説得を試みた。

「新皇《しんこう》など夢にすぎぬ」

面と向かって広常に、そう言った。

かつて治承の旗揚げのおり、頼朝が「新皇」の称号を奉ったのは以仁王《もちひとおう》である。以仁王は諸国に平家追討の令旨《りょうじ》を下して、反平家の先陣を切っていた。

「新皇」ほど、この関東において、不可侵な敬称は他にない。あの平将門が関東独立を宣言したさい名乗ったのが、「新皇」だった。

「予は旗揚げしたさい、すでに高倉宮《たかくらのみや》（以仁王）がこの世にないと知っていた。とっくのむかしに討たれてしまったのを知っていながら、高倉宮を新皇と称したのだ」

「新皇」の呼び名など、方便にすぎぬ――と頼朝は語っていた。京都から追討の宣旨を下されたため、やむなく以仁王の令旨を利用したにすぎない、ということだ。

「高倉宮の令旨には、本院《ほんいん》（後白河法皇）の宣旨のような意味も価値もない。治承四年の八月に旗揚げしたときから、そう思っていた。それが予の本心だ」

そこまで頼朝が踏み込んだにもかかわらず、広常は呵呵大笑《かかたいしょう》して応じた。

「ならば佐殿みずから新皇となればよろしいではありませぬか。そのおりにはこの広常を関東の摂政関白《せっしょうかんぱく》にしていただきましょう」

この頃から頼朝は「御所《ごしょ》」と称されるようになっていた。鎌倉に関東府を置いたころからである。だが広常一人だけは頼朝を「御所」とは呼ばなかった。

　頼朝が「御所」になったのは、関東府を第二の京都朝廷にするためである。だから京都の内裏《だいり》そっくりの御所を鎌倉の大倉《おおくら》に建て、鎌倉で挙行される行事も、京都を真似た。

　上総広常はそれを京都かぶれと嫌ったのだろうが、かつて上西門院《じょうさいもんいん》（後白河法皇の姉）の宮廷に仕えた経験のある頼朝は、本朝開闢《かいびゃく》以来の権威を一朝一夕には身に付けられないと知っていた。京都朝廷に倣うのが、自らを権威づけるためには、最も有効な方法であると分かっていたのだ。

　皇室は不可侵だ。同じく頼朝の源氏も不可侵だと思い込ませるには、皇室を真似るしかない。

　その頼朝の心中を察していたのは、あるいは梶原景時一人だったのかもしれない。鎌倉に集った関東武士たちは「御家人」と呼ばれるようになっていたが、その中にあって上総広常は一人浮いていた。他の御家人と同じに扱われるのを何より嫌う広常は、みずから望んで「浮いた存在」になっていったのかもしれない。

　大倉御所に出仕してきた広常は、目についたその場の御家人たちを、家来扱いして皆から煙たがられていた。その横柄さのせいで、誰も傍に近寄ろうとはしなかったが、その日、ふらりと姿を現した梶原景時が、会釈《えしゃく》しながら広常に近づいていった。

「おう、平三ではないか」

会釈ひとつ返さない広常の傍らに、微笑を浮かべた景時が腰を下ろす。

「平三、出頭人《しゅっとうにん》だと聞く」

鎌倉に参上してから日も浅いはずなのに、梶原景時はいきなり頼朝の信任を受けて、周囲をいぶからせていた。

「いやいや」と曖昧《あいまい》にかぶりを振った景時が、二人の間に置かれた双六盤《すごろくばん》を示す。足の付いた立派な双六盤だ。

「上総殿、一勝負、お相手願えませぬか」

「ほう」

広常は蔑《さげす》んだように鼻を鳴らした。双六は賭博《とばく》の一種であり、勝負の相手に見合う賭け物を出さなくてはならない。

おまえのような軽輩に、この広常に見合う賭け物が出せるのか――と言わんばかりに景時を見下してきた広常へ、景時は腰に帯びた脇差《わきざし》を差し出した。

少し驚いた顔の広常が、景時から渡された脇差をあらためる。下げ緒を柄《つか》に巻き付けて抜けぬようにしてあり、刀身を確認するにはそれをほどいて鞘《さや》から抜かなければならない。

下げ緒を解いて鞘から脇差を抜いた広常が、七寸ほどの刀身をあらためる、まじまじとそれを眺めた広常が言った。

「これは山城《やましろ》のものだな。粟田口《あわたぐち》あたりの作か」

見事な脇差であり、広常も受けて立たないわけにはいかない。己れの脇差を景時に渡す。一礼した景時が、広常がしたように、脇差の柄に巻き付けられた下げ緒を解いた。現れた刀身を眺めて、景時が感心したように溜息をつく。

「これは備前《びぜん》のもののようですな。備前物の短刀とは珍しい」

「ほう平三、よく知っているな」

景時の蘊蓄《うんちく》に気をよくした広常が、双六盤を挟んで景時と対坐《たいざ》する。賭け物である景時の脇差を、下げ緒が解かれたまま傍らに置いた。その動作を景時が注視したことに、広常は気付かない。広常が左側に景時の脇差を置いたのを見て、景時は己れの右側に置かれた広常の脇差を、さりげなく左側に置き直した。

「平三から先に振れ」

広常に言われ、景時が賽《さい》を手にする。器用に操って双六盤の上に転がした。景時の手から放たれた賽が、双六盤の上でクルクルと回る。眼が回りそうな回転であり、思わず広常の眼が、回転する賽に引き付けられた。

広常の注意がそれた瞬間、景時は相手から眼を離さぬまま、下げ緒が解かれ左側に置かれた脇差の鞘を左手でつかみ、苦もなく右手で抜き放った。双六盤を飛び越え、あやまたず広常の眉間を斬りつける。

一撃をくらった広常が、鮮血にまみれた顔を押さえながら傍らの脇差へ手を伸ばす。引き寄せようとして空をつかんだ。何者かの足が飛び出してきて、その脇差が部屋の隅まで蹴り飛ばされたのだ。

蹴り飛ばされた脇差のあとを追った広常の脱げかけた烏帽子を払いのけ、背後から背中に馬乗りとなって広常の髻《もとどり》をつかんだ景時が、目にも止まらぬ早業でその首を掻き切った。

広常の首を掻き切るや、今度は首桶が差し出されてきた。初めて景時は、相手の顔を見た。ニッと笑った八の字眉の天野藤内遠景が、首桶を差し出している。さっき広常がつかもうとした脇差を蹴って景時を助けたのも、やはり天野藤内だった。

「わ殿、天野藤内殿だな」

差し出された首桶に、広常の首を収めながら、景時が言う。

「わ殿のことは、必ず御所の御耳に入れる」

景時が続けると、天野藤内がペコリと頭を下げた。傾けた八の字眉の下で両眼が光っているのに気付かぬふりをして、首桶を持した景時は、頼朝のもとへと向かう。現れた景時が首桶を提げているのを見た頼朝は、その中の主が誰なのか、すぐに察したようだ。景時が頼朝に言上する。

「上総権介《ごんのすけ》広常、謀叛《むほん》の罪によって誅戮《ちゅうりく》つかまつった」

上総広常の首を見せても、頼朝は何も言わなかった。

「これなる謀叛人の誅戮に助太刀の功があったのは、天野藤内にございます」

これを聞いた頼朝が、ようやく口を開く。

「天野藤内の引き立ては、平三に任せる」

二人の間に、それ以上のやり取りが交わされることはなかった。

上総広常の誅殺《ちゅうさつ》が知らされたとき、関東府の御家人たちは一斉に知らぬふりをした。続いてその謀叛が冤罪《えんざい》だったと知らされても、反応は同じである。

京都朝廷との和解は、関東府の前進だ。その前進を上総広常は阻もうとしたのだ。

だが関東府の御家人たちが沈黙した理由は、それだけではない。

上総広常が滅んだあと、房総平氏の惣領になったのは、千葉常胤《つねたね》である。上総広常がいなくなってくれたおかげで、千葉常胤は日の目を見ることができたのだ。

かつて千葉氏の相馬御厨を源義朝（頼朝の亡父）に脅し取られたことを、千葉常胤は忘れてはいない。頼朝も忘れてはいなかった。にもかかわらず千葉氏が頼朝に付いたのは、上総氏の圧力のせいだけではない。

千葉常胤の六男、東胤頼《とうたねより》はかつて上西門院の宮廷で、頼朝と一緒だったことがある。また常胤の子の律静坊日胤《りつじょうぼうにちいん》は、以仁王の反乱の張本人とされた三井寺《みいでら》の衆徒だ。

東胤頼を上西門院に紹介したのは文覚《もんがく》だった。怪僧快僧の文覚は、俗人のとき渡辺党の一員だった。この渡辺党は源三位頼政《さんみよりまさ》の郎等の中心であり、源三位頼政といえば、以仁王とともに反平家の先陣を切った人物だ。

その源三位頼政は頼朝が流された伊豆の知行国主《ちぎょうこくしゅ》でもあった。そして文覚は治承の旗揚げの二年ほど前まで、頼朝と同じ伊豆の流人だった。

この文覚と東胤頼の存在は大きい。知行国主だった源三位頼政は、自分に都合のよい情報しか伊豆の頼朝に伝えない。だが頼朝には、文覚と東胤頼という別の情報源があったのだ。そのおかげで頼朝は、知行国主が伝える建前の情報と、文覚や東胤頼が伝える本音の情報との差も把握できたのである。

以仁王の乱の詳細は、この乱の張本人と目された律静坊日胤からも伝わってきた。この日胤も先述した通り千葉常胤の子である。以仁王は反平家が露見したあと、三井寺に逃れており、此処の衆徒だった律静坊日胤のもたらす情報ほど、頼朝の判断を助けたものはなかった。

源三位頼政と源頼朝は、ともに蜂起《ほうき》したわけではない。源三位頼政と以仁王の蜂起は四月から五月であり、頼朝の治承の旗揚げは八月だ。反平家の口火を切る先陣は、強大な平家の真正面へ特攻しなければならない貧乏籤《くじ》であり、源三位頼政も源頼朝も、互いに相手へ先に火中の栗を拾わせたかったに違いない。

結果的に反平家の先陣を切らされた源三位頼政と以仁王は滅亡し、伊豆の源頼朝は関東の王となった。その大功は律静坊日胤と東胤頼にあり、両者の父は千葉常胤である。東胤頼は関東に下って父の千葉常胤へ頼朝方に付くよう説得したようであり、その功績に報いるだけの恩賞地など、伊豆の流人だった頼朝にあるはずがない。

いま一人、上総広常の滅亡の恩恵を受けた者がいる。三浦一門の和田義盛だ。三浦一門は前の惣領（三浦大介義明）みずから頼朝方として討死しながら、その前惣領を討った畠山重忠への遺恨を水に流すと、現惣領（三浦義澄）が頼朝に誓言している。

頼朝の三浦一門への借りは大きい。

上総広常が関東府から排除された原因は二つだ。一つは京都朝廷との和解に反対して、関東府の前進を阻んだこと。その原因が目立ち過ぎて、いま一つの原因は陰に隠れてしまった。

だからいま一つの原因は、うやむやになってしまったのである。上総広常の遺領から莫大《ばくだい》な恩賞地を賜った千葉常胤と和田義盛は率先して沈黙を守り、他の御家人たちも空気を読んでこれに倣った。他の御家人たちが千葉常胤と和田義盛に倣ったのは、黙っていれば恩賞をもらえる機会が自分たちにも巡ってくると期待したからに違いない。

七

源頼朝と源義経《よしつね》との間に起きた兄弟間の争いは、奥州《おうしゅう》衣川《ころもがわ》における義経の悲劇的な最期まで含めて世に名高い。

源氏が平家に勝てたのは、義経のおかげである。都落ちしても平家は強大であり、京都朝廷と和解して、念願の平家打倒に乗り出した頼朝と関東武士たちは、遠い西国まで行くのが精一杯で、もし義経がいなかったなら勝利などおぼつかなかっただろう。

頼朝の平家打倒は、当時京都を制圧していた源（木曽）義仲を討つところから始まるが、その始まりから義経の独壇場だったのである。

木曽義仲は頼朝軍を警戒して、近江方面を見張っていたが、義経はその裏をかいて、伊勢方面から京都に突入したのである。木曽義仲もまさか義経が伊勢からやって来るとは思わなかっただろう。伊勢国は仇敵である平家の本場だったからだ。しかし義経は頼朝に依頼して平家と密約を結び、伊勢への入国に成功した。

木曽義仲は劣勢だったが、京都を押さえた義仲には、後白河法皇を人質に取る手があった。後白河法皇を人質に取られれば、頼朝方もお手上げであり、その事態を防ぐには、義仲にその猶予《ゆうよ》を与えぬまま討ち取ってしまう必要があった。

そのころ都落ちしたはずの平家は、一ノ谷《いちのたに》まで進出して此処に堅固な城砦《じようさい》を築いていた。一ノ谷は現在の神戸市であり、平家は京都のすぐ傍まで迫っていたのである。

ここでも義経は、晴れ舞台の表を異母兄の範頼《のりより》に任せて、軍馬が通行不可能と思われた丹波高原《たんばこうげん》の山中を迂回して裏に回り、表の範頼軍に気を取られた平家に奇襲をかけた。

当時の城門にはのちの戦国時代のような防御設備はなく、重武装の兵士たちが密集して防御体制を固めていた。つまり敵の攻撃を予期していない城門は、守備の兵士もまばらな単純な木戸柵にすぎず、もしそこを攻められれば、あっという間に抜かれてしまうのだ。

たぶん畠山重忠は馬を背負って鵯越《ひよどりごえ》を下らなかったろうが、奇襲は成功し、一ノ谷まで進出していた平家は、屋島《やしま》（香川県高松市）まで後退した。

西国で源義経が華々しく活躍している間、鎌倉では関東府の足固めが行われていた。

江間小四郎義時は頼朝の寝所を守る十一人の一人に選ばれる。いずれ劣らぬ武芸自慢たちに混じって、武芸がさっぱりの義時が選ばれたのは、彼が政子の弟だったからだろう。

選ばれた十一人は、みな有力御家人の子弟たちだった。三浦一門からは、かつて安房潜入のさい、義時が「訪ねよ」と鬼窪に指示した、佐原十郎義連が選ばれる。

畠山重忠の秩父党から選ばれたのは榛谷四郎重朝《はんがやしろうしげとも》だ。榛谷重朝は弓の名手だったが、彼になった理由はその武芸だけではなく、主だった秩父党の面々がみな衣笠城攻めに加わったなかで、彼だけがその着到交名《ちゃくとうきょうみょう》に名がなかったからだろう。

関東屈指の秩父党から、十一人の警固衆を出さないわけにはいかず、かと言って三浦大介義明を討ち取った衣笠城攻めに加わった者では、日ごろから顔を合わさねばならぬ他の面々に対して、いささか気まずい。

衣笠城攻めには、当時の官軍（平家方）の大将である大庭景親も、秩父党の援軍として三浦半島に入っており、おそらく京都の平家首脳に提出すべく、着到交名が作成されたのだろう。そのせいで、秩父党の選択肢は狭まってしまったが、素朴で癖《くせ》のない榛谷重朝は、他の警固衆とも馴染み、ことに江間小四郎義時とはウマが合った。

鎌倉の関東府といえば、緊張の連続のような印象だが、何事もないのどかな夜もある。そんな晩に宿直に当たっていたりすると、江間義時と榛谷重朝はよく侍所《さむらいどころ》で酒盃を交わし合ったものだ。

「災難にござったなぁ」

重朝が義時の盃に酒を満たしながら、気の毒そうに言う。

「なぁに」

酒盃を手にした義時が、タイの膾《なます》に醬《ひしお》をたっぷり付けながら応じた。

「つまらぬ夫婦喧嘩にござるよ。犬も食わぬわ」

そう放言できるのは、義時が政子の弟だからであろう。他の者ならば「犬も食わぬ夫婦喧嘩」などとは、口が裂けても言えない。

さかんにタイやヒラメの膾を頰張った義時が、この場に政子がいないのをいいことに、キノコや青菜を残らず箸《はし》でのけていく。いつも「小四郎、ちゃんと野菜も食べなさい！」と叱る政子を、義時が面白がって茶化した。

「御台（政子）の癇癪《かんしゃく》は、もう凄いぞ。ありゃ、柳眉《りゅうび》を逆立てる、なんてお上品な言い方じゃ足りんな。手巾《しゅきん》の端をくわえてキィー、がピッタリだ。ハハハ」

言いたい放題の義時へ、困ったように重朝が相槌を打つ。

「御台ときたら、御所（頼朝）が別の女に眼を向けるたびに嫉妬《しっと》の嵐だ。あれじゃあ御所もお気の毒だ。気にいった女子《おなご》に情を通じるのが男子《おのこ》の本懐ではないか」

ふやけたように義時は笑ったが、頼朝と政子の夫婦喧嘩は、笑いごとでは済まない。頼朝の浮気に怒った政子が、相手の女の家に殴《なぐ》り込みをかけさせたのだ。

「小四郎殿も巻き込まれたやに聞いておるが」

「なぁに」

ぐいぐい酒盃をあおる義時が、いい加減酔っぱらいながら応じた。

「御台が北条殿（時政）とともに伊豆へ退去されたことを申されておるのか。ならば造作もない。頭に血がのぼった御台に、『江間家の当主であるおれが北条殿に従ってよいのですか』と訊き返したとたん、御台の興奮はすっかり冷めてしまわれたわ」

「それで小四郎殿が鎌倉に残ることに、御台も納得されたというわけにござるか」

「さよう」

「小四郎殿は得なお立場よなぁ。労せずして御所と御台の双方を味方にできる」

そうぼやいた重朝を尻目に、すっかり酔っぱらった義時は、その場にごろりと横になる。義時が腕枕で高鼾《たかいびき》をかきかけたとき、二人のいる侍所に、佐原十郎義連が入ってきた。彼は江間義時に用事があったのかもしれないが、佐原十郎に駆け寄ったのは、榛谷重朝の方だった。重朝の手には酒盃と提子《ひさげ》が握られている。

「佐原殿、まずは一献《いっこん》」

うやうやしく酒盃を勧めた重朝から、佐原十郎は愛想よく酒盃を受けた。衣笠城の一件など、おくびにも出さない。和やかに雑談を始めた二人を、酔いつぶれた義時が、片目だけ開いてうかがった。

気のおけない朋友同士のように振る舞う二人を、片目だけでうかがっていた義時が、二人の間の見えない何かを見届けたように、また高鼾をかき始めた。

この鎌倉にも、京都の余波はやって来る。鎌倉の源頼朝の密命を受けた義経が、木曽義仲を討ったときがそうだった。

このときも、頼朝と政子が関係しているが、巻き込まれた堀藤次親家は、とても江間義時のように呑気《のんき》な酒飲み話では済ませられなかった。

木曽義仲を討った頼朝は、義仲の嫡男で人質に取っている清水冠者義高《しみずかじゃよしたか》を、殺すことに決めた。

清水冠者義高にとって、木曽義仲を討った頼朝は父の仇となってしまった。とても生かしてはおけない。そんなことは関東の武家に生まれた政子には分かっているはずなのに、彼女は討手を務めた堀藤次親家を呼びつけると、頭ごなしに怒鳴りつけた。

「あなたが人がましい身分になれたのは誰のおかげですか！　あなた、清水冠者が大《おお》姫《ひめ》（頼朝と政子の長女）の婿だと知っていながら、清水冠者を手に掛けたのですか！」

政子の剣幕に堀藤次親家は恐れ入るばかりである。もともと江間近在の武士で、政子を「大方様」と呼んでいた堀藤次親家は、政子の郎等みたいなものだった。

「もし御所から清水冠者を討てとの指図を下されたのなら、まずわたしに知らせるのが筋というものでしょう！」

頼朝が堀藤次親家に清水冠者の討手を命じたのは、彼が清水冠者監視の責任者だったからである。監視の眼をくぐって、いったん清水冠者は鎌倉から逃亡していた。清水冠者に逃げられた失策を取り返す機会を、堀藤次親家に与えたのであり、何ら間違ったことはしていない。間違っているのは政子の方だ。

だが政子は、そんなことはお構いなしである。政子の怒りは、娘可愛さのせいだ。娘の大姫が婿の清水冠者を強く慕っており、その死に打ちひしがれてしまったからである。

政子の怒りの矛先は、頼朝にも向けられた。

「御所は御自分の娘が可愛くないのですか！」

頼朝は今でも政子に引け目がある。頼朝が徒手空拳で旗揚げせずに済んだのは、政子が味方してくれたからだ。

出過ぎた政子を叱る代わりに、頼朝は何とかその怒りをなだめようとした。その結果、尻を持ち込まれた堀藤次親家は、清水冠者への直接の討手となった己れの郎等の首を差し出すに至ったのだ。


鎌倉の頼朝が、そんな不始末に足を取られている間に、西国の義経は華々しい戦果を上げていった。

屋島（香川県高松市）と彦島《ひこしま》（関門海峡）に拠点を置いて、物流の大動脈である瀬戸内海を経済封鎖してきた平家に、頼朝は大戦略で対抗しようとした。関東の御家人たちを大軍に編成し、一方の軍は九州の豊後国《ぶんご》（大分県）に渡海させたうえで博多を襲わせ、此処に足掛かりを築いたなら彦島の背後に回させる。いま一方の軍は周防大島《すおうおおしま》（山口県）を占拠し、屋島と彦島を分断することによって、平家の瀬戸内海支配を破ろうと企てた。

なんとも雄大な戦略だが、おそらく義経は「なんと、まどろっこしいことよ」と感じたに違いない。

この西国遠征には江間義時も加わっている。しかも頼朝の大戦略に忠実だった源範頼（頼朝の異母弟、義経の異母兄）の軍勢に加わっていたので、西国人からその勇猛さを怖れられた関東武士たちが、いかにだらしなくへばってしまったのかも、目の当たりにしていた。

出陣したときは威勢が良かった関東武士たちだったが、当時は兵站《へいたん》という基本戦略がなく、自弁だった戦費が途中で尽きてしまった。周防国（山口県）あたりに達したときには軍馬も兵糧もなく、みな遠い西国で乞食《こじき》同然になってしまい、「関東に帰りたい」と泣き言を並べる始末だった。

西国の範頼は鎌倉の頼朝に危急を訴え、頼朝も軍馬兵糧を送ろうとしたのだが、瀬戸内海の制海権を平家に握られているうえに、山陽道も不安定な状態だったから、うまくいくはずがない。

そんなとき、義経が頼朝の「雄大な長期的戦略」を尻目に、あっという間に平家を片付けてみせた。

いきなり義経は屋島の平家本営を叩いてみせたのだ。その方が手っ取り早いからであり、義経は僅《わず》か百余の郎等だけで、これをやってのけた。

焦点になったのは淡路島《あわじしま》である。源氏方は此処を取ろうと企てたが、平家方は上陸してきた源氏勢力を一掃してしまった。源氏方が淡路島を取ろうとしたのは、此処が屋島攻撃の橋頭堡《きようとうほ》として絶好だったからだ。その狙いが頓挫《とんざ》した以上、源氏軍は淡路島の平家方の眼に見つかることなく、屋島へ行くのは不可能となるはずだった。

ところが義経は大暴風雨の晩に出航し、完全に平家方の裏をかいた。まさかそんな晩に源氏が渡海してくるとは、淡路島の平家方も思わなかったのである。

荒天に油断した平家方の隙を衝《つ》いて阿波国《あわ》（徳島県）に上陸した義経は、前面の瀬戸内海ばかりを見張っている屋島の平家方の背後から不意に襲いかかった。

慌てて海上に逃れた平家方は、放火によって大軍に見せかけた義経方が、驚くほど小勢なのに気付き、屋島を取り返そうと逆上陸を試みる。義経方も佐藤忠信《さとうただのぶ》を失うほどの激戦となったが、いったん屋島を占拠した義経方の有利は動かず、けっきょく平家方は屋島を棄て、彦島の平家方と合流した。

この屋島陥落によって、平家の瀬戸内海支配は破られた。そのコストパフォーマンスの良さは、頼朝の「大戦略」の比ではない。

こうして平家を関門海峡の彦島に追いつめた義経は、熊野《くまの》水軍を味方に付けて陣容を整える。おそらく義経は熊野別当に、瀬戸内海の交易権を約束したのだろう。熊野別当が義経に味方した理由が、白い鶏《にわとり》（白は源氏の象徴）と赤い鶏（赤は平家の象徴）を闘鶏《とうけい》させて占った結果というのは、たぶん違うと思う。

壇ノ浦《だんのうら》の戦いも勝負が早かった。義経は敵の心臓部に当たる安徳《あんとく》天皇の御座船《ござぶね》に狙いを定め、他の軍船には眼もくれなかった。いきなり御座船に襲いかかると、船を漕ぐ水夫たちを射殺して船の自由を奪い、四方八方から乗り込んで奪取してしまった。

どの船に安徳天皇がいるのかは極秘だったはずだが、義経はちゃんと知っていた。義経に内通したのは、平家首脳に近い田口成良《たぐちしげよし》だったと言われている。

そこに安徳天皇がいるのを知って襲いかかってきた義経方に、御座船のうちは恐慌状態に陥った。安徳天皇は二位尼《にいのあま》（平清盛《きよもり》の未亡人・時子《ときこ》）に抱かれ入水したのだが、その実態はどうも『平家物語』に記されたように優雅ではなかったらしい。幼い安徳天皇を抱き上げた二位尼は、「どこへ行くの?」と問われて、「波の下にも都がございます」と答えたというが、これはどうも『平家物語』の美しい創作だったようだ。

いきなり御座船を奪われて絶望した二位尼は、怒りのあまり半狂乱となり、泣き叫ぶ安徳天皇を無理やり帯に縛り付けたうえに、袖に重しの温石《おんじゃく》を詰め込んで、海に飛び込んだという。義経の郎等たちが熊手に引っ掛けて救出しようとしたが間に合わず、あっという間に二人は沈んでしまったそうだ。

八

藤原秀衡《ふじわらのひでひら》を頼った源義経が奥州平泉《ひらいずみ》に逃げ込んだのは、鎌倉の頼朝にとって思う壺《つぼ》だっただろう。

義経に謀叛の心がないことは、誰よりも頼朝がよく知っている。義経を弾劾《だんがい》した梶原景時も知っていたはずだ。

義経は「おれ一人で平家を倒した」と吹聴《ふいちょう》していた。それは事実だったが、事実だからこそ、言ってはいけないことだった。

滞りなく捗《はかど》った奥州藤原氏の討滅は、苦闘の連続だった平家との戦いとは比べものにならない。

平家の西国と違って、関東から奥州は距離が近い。北関東の御家人にとっては、奥州は国境のすぐ向こうだ。

また、それまで奥州藤原氏を結束させていた藤原秀衡の死によって、その遺児たちの内輪もめが始まったのである。秀衡の跡を継いだ泰衡《やすひら》（秀衡の次男）に同調する西《にし》木戸国衡《きどくにひら》（秀衡の長男）、あくまで秀衡の遺言を守って義経を大将軍に奉じようとする

泉 忠衡（秀衡の三男）、そしておそらく鎌倉に内通していた本吉高衡（秀衡の四男）と、戦う前から奥州藤原氏はバラバラだった。

動揺する敵の崩壊を速めるのに、内通者は効果的に作用する。本吉高衡《もとよしたかひら》への離間工作を担当したのは、梶原景時らしい。

戦争の天才である源義経も、政治手腕の点では、源頼朝の敵ではなかった。藤原秀衡の兵力を当てにして奥州に逃げ込んだ義経は、秀衡の死という不運はあったにせよ、秀衡がいなくなってしまったとたん、手駒に考えていた奥州藤原氏の兵から、逆に襲われてしまったのである。人の褌《ふんどし》で相撲を取ろうたってそうはいかん――と義経に思い知らせたのだろうが、藤原泰衡への揺さぶりのかけ方は、いかにも頼朝らしい。

その政治手腕に感心したのは、江間義時よりも息子の金剛《こんごう》（のちの泰時《やすとき》）の方だった。

「さすが御所」と、まだ小僧のくせに、金剛は分別顔に言うのである。

「九郎判官《くろうほうがん》（源義経）殿を討とうが討つまいが、泰衡と奥州藤原氏の運命は決まっていたはず。御所は泰衡の命を助ける気など毛頭なかったでしょう。にもかかわらず、まるで九郎判官殿の首さえ差し出せば、命が助かるような幻想を、泰衡に抱かせたのはさすがです」

そのうえこの金剛は父である義時へ説教までするのだ。

「父上も、少しは御所を見習ったらどうです」

渋い顔で義時は応じる。

「金剛、もうちっと子どもらしいことを申せや」

北条時政は留守居として関東に残ったが、義時金剛父子は、頼朝の旗下に従い、奥州へ従軍した。頼朝の下知を間近に見て、いちいち感心している金剛はさておき、十一人の警固衆の一人である義時は、務めを果たさねばならない。

弓馬ともにだめな義時は、誰かのあとにくっついていくしかないが、奥州の遠征先はいくさ場である。警固衆も手柄を立てんと必死であり、ふだんは義時に付き合ってくれる佐原十郎義連も、一門の次の惣領（三浦義村）が従軍しているせいで、いくさ場の働きに忙しい。そこで義時は、頼朝の愛馬の世話をしている榛谷四郎重朝にくっついていった。

義時にくっつかれても重朝は嫌な顔ひとつせずにいる。

「うまいもんだなぁ」

義時が感心して言ったのは、重朝の馬の洗い方である。頼朝の愛馬を預かっているとはいえ、見る間に毛艶《けづや》ぴかぴかにしてしまう。

「なんぞ秘伝があるのか、もし漏らして構わぬなら、教えてくれ」

そう義時から言われても、あくまで生真面目に重朝は応じる。

「秘伝などござらぬ。毎日毎日、丹精を籠めることがコツといえばコツにござる」

このようなしだいで、奥州遠征中の江間義時は榛谷重朝と一緒だった。奥州で義時は、これまでの借りを返すため、しばしば三浦一門の佐原十郎義連に兵を貸した。その日、義時はいつものように三浦衆の合戦を見に行こうとしたが、ふと思い立って榛谷重朝を誘う。常に頼朝の膝下にあった重朝は、側近としての務めに忙殺されて、ろくにいくさ見物もできていない。世話を焼かせている返礼のつもりだったが、見晴しのいい高所に登って合戦を見物し始めると、重朝の表情が怪訝《けげん》に変わった。

「いかがされた」

義時が問うと、眼を皿のようにしていた重朝が、首を傾げてつぶやく。

「三浦衆はどこだ？」

ちょっとのあいだ義時は呆気に取られた。二人の視界を埋めて、丸に三つ引きの三浦の軍旗がひるがえっているではないか。

何か重朝が、口の中でつぶやいたようだ。臍《ほぞ》を噛《か》むような口調だった。義時は重朝の狼狽《ろうばい》ぶりに気付かぬふりで、丸に三つ引きの三浦の軍旗を眺め続けた。

奥州征伐は頼朝軍の圧勝に次ぐ圧勝で、頼朝の鎌倉出陣から二か月あまりで決着がつく。義時は頼朝の旗下に付いていっただけだが、それでも頼朝から恩賞地をもらった。奥州の金窪《かなくぼ》である。

義時が頼朝に願い出た。

「御所、憶えておいでですか。治承の旗揚げのさい、ちょっと変わった童子を御所より賜ったことを。あの童子に金窪の地を下したいのですが」

頼朝からその理由を問われ、いつもの間延びした声で義時は答える。

「あの童子が軍功第一でございますゆえ。御前で申し上げるのも憚《はばか》られますが、おれは何もしておりませぬ」

江間義時は頼朝の旗下に従っただけだったが、三浦一門の佐原十郎義連にしばしば兵を貸しており、そのさいの働きのことを、義時は言っている。

「あの童子、通り名を鬼窪と申します。拝領の地は金窪。似た名なのも何かの縁のような気がします」

とぼけた顔をしてみせた義時へ、頼朝は鋭い眼ざしを投げた。

「小四郎、あの童子に苗字の地を与えるつもりか」

かつて義時は頼朝へ「あなたの雑色の使い方は間違っています」と言ったことが

あった。あのとき、頼朝は何も言わなかったが、いまになってはっきりと言葉に出してきた。「苗字の地を与えるつもりか」と。

義時は答える。「そうです」と。

「ならば好きにせよ」

鬼窪と同類の使い方には、一日の長が頼朝にある。

源義経の愛妾だった静《しずか》が鎌倉に護送されてきたさい、頼朝がその預け先としたのが、どの御家人の屋敷でもなく、雑色の清恒《きよつね》の屋敷だった。

政子が静に強く同情していたからだ。

頼朝は身ごもっていた静が産んだ義経の子が、男ならただちに殺せ、と命じていた。生まれてきた子にとって、頼朝は父の仇になるからだ。

二つに一つの確率だが、生まれてきたのは不幸にして男の子だった。

だが政子がそんなことにお構いなしなのは、清水冠者の一件からも明らかである。あくまで政子は己れの感情に従うのだ。

政子が強い同情を寄せている静の子を、どうして御家人たちに殺せるだろうか。だが雑色の清恒には、政子の影響力など通用しない。清恒にとって主人は頼朝ひとりであり、あくまでその命令だけを遂行するのである。

静は生まれた子を抱きかかえて渡すまいとしたが、清恒は容赦しなかった。その酷薄ぶりに恐れをなした磯禅師《いそのぜんし》（静の母）が、赤子を静の手から奪って清恒に差し出す。清恒はその子を由比ヶ浜に穴を掘って生き埋めにし、その赤子が息絶えるまで、執拗《しつよう》なほどの正確さで見届けた。

そこまで雑色がやってのけるのも、苗字の地を持たぬからだ。頼朝の命令よりも、苗字の地の方が重い御家人たちに、どうしてそんな仕事を任せられようか。

だが義時は鬼窪に、苗字の地を与えるという。頼朝は敢えてそれを止めなかった。鬼窪は「金窪太郎行親《かなくぼたろうゆきちか》」となり、すっかり御家人らしくなる。見かけは御家人になっても、彼が鬼窪であることに変わりはないと、義時は知っていた。

第二章　鎌倉の主

一

頼朝の急死によって、跡をその子である頼家《よりいえ》が継いだのは、建久《けんきゅう》十年（正治《しょうじ》元年）のことである。

頼家はまだ十八歳だったが、頼朝の死によって、急浮上してきたのは、北条時政だった。

時政は頼朝の舅《しゅうと》であり、御家人の間でも特別な存在だったが、しょせんは格上の婿に仕える臣下にすぎない。だが跡を頼家が継いでみれば、時政はその祖父である。これは切っても切れぬ血縁（しかも直系）であり、御家人たちの時政を見る目も違ってきた。

いままで鎌倉府は頼朝の独裁であり、窮屈な思いをしてきたのは、北条時政だけではない。だが関東武士たちが御家人と呼ばれるようになり、西の京都朝廷に対しても大きな顔ができるようになったのは、頼朝のおかげである。

東（鎌倉府）と西（京都朝廷）の均衡は、頼朝の政治的駆け引きによって保たれていた。守護地頭の問題にせよ、西の京都朝廷は頼朝義経の抗争に巻き込まれたにすぎないのに、相手が隙を見せるや、すかさず頼朝はこれに付け入っている。後白河法皇が義経に「頼朝追討の宣旨」を与えるや、頼朝は激怒してみせ、義経探索を大義名分として、全国に守護地頭《しゅごぢとう》を置くことを要求している。そのうえでしばらくしてから「西国は止めて東国だけにしておきましょう」と持ち掛けた。朝廷は頼朝が譲歩した錯覚に陥ったが、端から頼朝の狙いは東国に守護地頭を置くことにあった。じつは鎌倉府の勢力はほとんど西国には及んでおらず、たとえ守護地頭を置いたとしても実効がないのだ。

関東武士というと野蛮な強面《こわもて》で西国の荘園を「押領《おうりょう》」する印象があるが、じつは知能犯が多いのは西国の方だ。さかんに押領を訴えてくる彼らの詐術《さじゅつ》を見抜くには、地券文書等の複雑な権利関係を明確に分析し、当地の事情に精通していなければならない。そんなことが漢字すら読めない関東武士たちにできるはずはなく、寺僧を中心とする西国の詐欺師《さぎし》たちから彼らを守っていたのは、頼朝の鎌倉府だったのである。

だから頼朝はその死後、「右幕下《うばくか》」と称され、崇《あが》め奉られるに至った。右幕下とは頼朝が生前に任官した右近衛大将《うこんえのだいしょう》の唐名《とうみょう》である。鎌倉府の基礎を築いてくれた頼朝には感謝の念しかないが、それはそれとして、基礎の定まった鎌倉府をいただいてしまおうと、ごく自然に北条時政たちは考えた。

跡を継いだ頼家は器量の大きな武将だったが、いまだ十八歳と若過ぎたうえに、生まれながらの鎌倉殿だった。伊豆の流人から身を起こした頼朝は御家人となった関東武士たちの恐ろしさを知り抜いていたが、生まれながらの鎌倉殿である頼家は平身低頭する御家人たちしか見ておらず、垂れた首の下で彼らがどんな顔をしているのか知らなかった。鎌倉府を独裁した頼朝は、どんな場合にどんな命令を下せば御家人たちが従うか常に考えていたが、頼家は鎌倉殿である自分の命令に御家人たちは従うのが当然と信じ込んでいた。

だが御家人たちの中で、たった一人、頼朝と同じように頼家に仕えようとした者がいる。梶原平三景時だ。

梶原景時は頼朝の東国政権を支えた、ただ一人の関東武士である。武家政権として成立した鎌倉府を頼朝の下で支えていたのは関東武士たちだったように見えるが、じつはその中枢を担っていたのは、頼朝が集めた京下りの官人たちだった。

頼朝の股肱《ここう》だった梶原景時は、侍所《さむらいどころ》の責任者である。ちょっとでも頼朝に背く気配を見せれば、たちまち梶原景時の弾劾《だんがい》が鉄槌となって振り下ろされた。

組織に慣れない御家人たちの統制は、鎌倉府の維持に最も重要であり、頼朝の生前、御家人たちに最も恐れられたのは梶原景時だった。だが頼朝の死後、その恐れは恨《うら》みに変わり、復讐の槍玉にあげられてしまう。

その目まぐるしい変化は鎌倉府にいても付いていけぬほどで、たちまち六十六人の御家人たちが連署《れんしょ》した、梶原景時への弾劾状が提出された。おそらく裏で糸を引いていたのは北条時政だったのだろうが、弾劾状を受け取った大江広元《おおえのひろもと》は驚く。

大江広元こそ梶原景時と並ぶ、頼朝の両輪だったのである。京都の出身で、学者の家に生まれた広元は、法曹官僚であり摂関家（九条《くじょう》家）の財政を預かったこともある切れ者だった。

頼朝の招聘《しょうへい》を受けて関東に下ってきた大江広元は、政務外交の面で鎌倉府を支えたが、とても梶原景時の真似はできない。梶原景時と仲が良かったわけではないが、景時と同じく頼朝時代の鎌倉府を継続させようと、広元は考えていた。鎌倉府の維持統制は他の者では替えが利かず、なんとか和解の道を探ろうと、連署状にある六十六人の名をあらためた。

眼に止まったのは、畠山次郎重忠の名である。かつて畠山重忠は梶原景時の弾劾を受けたことがあった。だが梶原景時の弾劾を受けながら無事だったのだ。梶原景時の弾劾を受けながら無事だったのは、後にも先にも畠山重忠だけだったが、それは頼朝が景時の弾劾を止めさせたからだ。

広元は頼朝が頼家に与えた遺訓を思い出さざるを得ない。

――どうにもならなくなったなら、畠山重忠を頼れ。

亡き頼朝は畠山重忠を、他の御家人たちとは毛色が違う、と見ていたようだ。剛力で知られた重忠は、風流の道にも通じていて、関東のみならず京畿《けいき》でも評判が高かった。風の靡《なび》く方へ付和雷同する他の御家人たちと違って、重忠は己れの信条に従い己れの頭で考える武将だと頼朝は評価していたようだ。

頼朝の評価は、広元の評価でもある。さっそく畠山重忠を招いて、梶原景時と他の御家人たちとの和解斡旋《あっせん》を依頼する。

だが重忠は言下に広元の依頼を断った。

「梶原平三には恨みがござるゆえ」

そう重忠は言い放った。かつて梶原景時から弾劾された件を指しているのであろう。

広元は失望した。

――重忠の言い分は、他の御家人たちとちっとも変わらんじゃないか。

ことは鎌倉府そのものの問題である。個人的な恩讐《おんしゅう》を超えたところにあるはずだったが、重忠は「梶原平三には恨みがある」の一点張りだった。

失望した広元の脳裏に、引き締まった頼朝とは似ても似つかぬ、薄ぼんやりした顔が浮かんできた。江間小四郎義時である。同時に義時が畠山重忠を評した言葉もよみがえってきていた。

――畠山（重忠）は「ええかっこし」なだけです。ありゃ、空洞をかかえた大木と同じです。見かけは立派だが、中身はカラッポですな。

聞いたときは畠山重忠の評判をねたんでいると感じたが、いま思い返せば、あの頼朝の眼力を超えているではないか。

大江広元の心に、江間義時の存在が強く印象づけられたのは、このときだった。

二

「おい加藤次、わ殿は連判状に名を連ねなかったのか」

六十六人の弾劾状に名を連ねた天野藤内遠景が、八の字眉を得意げにひくつかせる。

むっつりと腕組みして加藤次郎景廉は応じた。

「梶原殿とは長い付き合いじゃ。恩もある。藤内、わ殿にも恩があろう」

「加藤次、わ殿が恩と申すは、梶原平三の斡旋で鎮西奉行を拝したことか」

「ほかに何がある」

「確かに鎮西奉行を拝したのは梶原平三の恩じゃ。だがその鎮西奉行を馘《くび》になったのも梶原平三のせいじゃ」

「そりゃ、わ殿が九州でアコギをはたらいたからであろう」

そう加藤次郎景廉から言われて、天野藤内遠景が鼻をふんと鳴らす。

「そんなたいしたことはしとらんよ。ちょこちょこっと荘園の上前《うわまえ》をはねただけだ。なのにあの梶原平三は『鎌倉殿の顔に泥を塗る所業だ』と、鎮西奉行をおれから取り上げくさったのだ。恩よりも恨みの方が深いわい」

「それなら、わ殿の勝手にせい。おれには恨みはない」

言い捨てて去ろうとする加藤景廉を引き止めて、天野遠景がささやいた。

「梶原平三はもう終わりだ。わ殿、梶原と一蓮托生《いちれんたくしょう》だぞ」

「なんだと……」

動揺した景廉の声が震える。梶原景時の盤石ぶりを信じていた加藤景廉だったが、いまは天野遠景の方が正しかったようだ。あっけなく鎌倉から追放された梶原景時は、京都へ亡命する途中、駿河国で地元の武士たちに襲われ滅亡してしまった。そして連判状に名を連ねることを拒んだ加藤景廉も、治承の旗揚げ以来、軍功を重ねて得た恩賞の地を、残らず没収されてしまった。

それだけではない。彼には一命の危機すら迫っていたのである。

――終わったのだ、右幕下（頼朝）の時代は。

追いつめられながら、ひしひしと加藤景廉は実感した。

梶原景時を失って、ようやく眼が覚めたのは、加藤景廉だけではなかった。頼朝の跡を継いだ頼家もそうである。

頼家は己れの周囲で何が起こっているのか、起こらんとしているのか悟った。彼は比企《ひき》家の養君であり、同父同母の弟でありながら千幡《せんまん》（のちの実朝《さねとも》）は北条家の養君だった。そんな分かり切ったことまで、生まれながらの鎌倉殿である頼家には見えていなかったのだ。

阿野全成《あのぜんじょう》という人物がいる。あの源義経の同母兄だ。頼朝の傍にあって、護持僧など務めていた。派手な義経と違って、阿野全成は少しも目立たなかった。

誰も注目しなかった阿野全成から決して眼を離さなかったのは、いまは亡き梶原景時だった。全成は北条家の人間である（北条時政の娘の夫）。必ず目立たぬ己れの立場を利用して、北条家の養君である千幡の擁立に動くはずだと見抜いていたのである。

梶原景時を失った頼家は、みずから全成謀叛の証拠をつかむしかない。巻狩《まきがり》を口実に伊豆へ下った頼家は、不意を衝いて願成就院《がんじようじゆいん》に姿を現した。

願成就院は北条家の菩提寺である。突然に姿を現した頼家に、願成就院の住僧は真っ青になってしまった。

「事前にお知らせいただけましたなら、お迎えの用意をしてお待ち申し上げておりましたのに」

などと、へどもどと言い、なんとか頼家を先へ行かせまいとする。

「しばし、お待ちを。ただいま、御座所の支度などをさせておりまする」

懸命に行く手を塞ごうとした住僧は、仁田四郎忠常《にったしろうただつね》によって、邪険に押しのけられる。総門を押し通った頼家が、真っ直ぐ持仏堂《じぶつどう》を目指そうとして、ふと東に広がる池のかなたを見やった。その険しい眼ざしが、ふと和らいだように見える。いまは亡き頼朝の伊豆下向時の館が、其方《そちら》にあったのだ。

「堀」と呼んだ先に、堀藤次親家が控えている。

「父上がいらしたのは、あの辺りか」

頼家が指さす辺りを望んで、堀藤次親家が畏まった。だが頼家はなつかしい亡父の遺跡に赴こうとはしない。厳しい顔つきに戻って、持仏堂へと足を速める。

持仏堂の観音扉には鎖が巻き付けてあったが、仁田忠常が進み出ると、太い腕を撫《ぶ》して、鎖を巻き付けた観音扉を叩き壊す。持仏堂の中に踏み込んだ頼家が、堂内を一瞥した。

本尊の烏瑟沙摩《うすさま》の絵像が逆さまに掛けられているのを見て、頼家は冷たく笑った。炉形《ろがた》は三角であり、行者の座向きは南であった。炉の中には護摩木《ごまぎ》が燃え残っていたが、真っ黒く炭化しており、何と書かれていたのかまでは読めない。

頼家が逆さまに掛けられた絵像を手に取る。軸に一束の毛髪が籠められていたのを見つけ、また頼家は冷たく笑った。

阿野全成は法体である。剃り上げた坊主頭の全成に、籠められた毛髪のような長い毛は生えていない。調伏《ちょうぶく》の祈禱《きとう》を行ったのは全成であっても、願主は別にいるということだ。

鎌倉に戻った頼家は、有無を言わさず阿野全成を捕縛する。その頼家の出方を、息を殺すように見守ったのは北条時政だった。

――次にどんな手を打ってくるか。

頼家の一挙手一投足を注視していた北条時政だったが、思いもよらぬ手を打ってきた頼家に、時政も仰天する。

何と頼家は譲位を発表したのだ。跡を子の一幡《いちまん》に譲るという。これにはさすがの北条時政も慌てた。頼家譲位のからくりに気付かぬ時政ではない。

頼家は一幡に譲位するのである。一幡の母は、比企家の若狭局《わかさのつぼね》だ。新将軍の母が比企家の若狭局ならば、新将軍の祖父は若狭局の父である比企能員《よしかず》ということになる。しかも健在な頼家は、幼い新将軍の父として、いままでどおりに権力をふるうことができた。

つまり北条時政は、将軍の祖父という権威の因《もと》を、奪い取られてしまうのだ。慌てた時政が急ぎ連絡した相手は、頼朝の死とともに出家した政子である。頼朝の生前は「御台《みだい》」と称されていた政子は、いま「尼御台《あまみだい》」だった。

政子と時政は江間領をめぐる軋轢《あつれき》以来の仲だが、いまはそんなことに構っていられない。もし頼家が一幡に譲位すれば、政子も将軍生母ではなくなってしまう。頼朝亡き今では、頼家に対して親権を行使できる唯一の存在だったからこそ、将軍生母の地位は重いのである。もし一幡譲位が実現すれば、その親権を一手に握るのは頼家ではないか。

政子も自分を排除しようとする頼家のやり方に腹を立てた。頼家から出された阿野全成の妻（北条家の人間・政子の妹）の引き渡し要求をあくまで拒み、頼家の譲位に真っ向から反対してみせる。

緊張した政子と時政のやり取りの場に、もっさり従っていたのは江間小四郎義時だ。苛立った様子で、時政が義時に話を向ける。

「小四郎、なんぞ良策はないか」

「良策――と言われましても」

その場にそぐわぬ間延びした様子で義時は首をひねる。

「鎌倉殿は金吾《きんご》（頼家）殿ですからな。我々にはいかんともしがたい」

まるで他人事のように語った義時へ、時政は舌打ちしたものの、あとは続かず、黙り込むよりなかった。

北条時政の有利に傾きかけた鎌倉の風向きが、変わろうとしていた。泡をくった天野藤内遠景が、さりげない風をよそおって、仁田四郎忠常に探りを入れる。

「わ殿、御所の伊豆下向に従ったと聞く」

「いかにも」

うなずいた仁田忠常は余裕たっぷりだ。八の字眉をひくつかせる天野遠景が、伊豆下向した頼家がどこまで突き止めたのか探ろうと試みているのは、仁田忠常の眼にも明らかであり、そんな重要な秘密をやすやすと洩らせるはずもなかった。

常陸国に配流《はいる》された阿野全成の誅殺《ちゆうさつ》を聞いて、いよいよ天野遠景は慌てたが、ここでまた事情が急変する。

頼家が急病に倒れたのだ。昏睡状態である。壮健だった頼家には己れの体力を過信する傾向があり、風邪を引いて熱があるのに、平気で入浴したり酒宴を催したり鞠庭《まりにわ》に臨んだりしていた。そのしっぺ返しを食らったのだが、追いつめられていた時政は、昏睡状態に陥った頼家の眼の上が腫《は》れ始めたと聞いて、「ウヒャヒャ」とほくそ笑んだ。頼家の妹である三幡《さんまん》が病死したときと同じだった。血のつながった妹と同じ死の前兆が現れ出したのだ。

頼家の危篤を政子に知らせた義時も、ぼそりと言った。

「運がいい」

すると政子は腹を立てたように言い返した。

「運がいいのは北条殿です」

「なれど、いまは北条殿の運は我らの運でもあります」

のんびりと言い返してきた義時を睨みつけた政子だが、頼家が倒れたことによって——つまり鎌倉殿の権限を執行する者が不在となって——頼朝の後家であり頼家の生母である政子が、その権限の代行者となった。

その後の時政の対応は敏速《びんそく》である。まず昏睡状態に陥った頼家の所在を隠してしまった。一方、頼家を奉じる比企家は、大きく出遅れる。

頼家の所在をつかめなくなってしまった比企家の主である比企能員へ、時政の使者がやって来て口上を述べた。

「薬師如来《やくしにょらい》の供養をするから来られたし――ついでに談じたき雑事あり」

大切なのは後半の方だ。薬師如来の仏像供養は口実にすぎない、という意味だ。

この時政の口上を聞かされた比企衆は、さすがにいぶかしんだ。確かに北条時政と「ついでに談じたき雑事」を会談する必要はある。譲位に当たり千幡には西国三十八カ国の、そして一幡には東国二十八カ国と鎌倉殿の家督が与えられると公表された。ちょっと見には千幡有利に思えるが、鎌倉府の勢力が西国にはほとんど及んでいないことは、守護地頭設置のさい、亡き頼朝が京都朝廷（後白河法皇）との駆け引きによって、西国を簡単に放棄したことから見ても明らかだ。

この条件を押し通す力が比企方にない以上、北条方に譲歩する会談を行わなければならない。

とはいえ、北条時政の名越邸《なごえ》に行くことは、あまりに危険である。行かない方がいい、と比企衆は口々に比企能員を止めた。

もしどうしても行くつもりなら、武装した大勢の兵を連れていくべきだ――と聞いた能員が、言下にこれを退ける。

「甲冑を身に鎧《よろ》い弓に弦《つる》を張った武者が、袖を連ねて市中に出てよいのは、八幡宮参詣などの公式儀礼で鎌倉殿に供奉《ぐぶ》するときだけだ。それ以外は謀叛と見なされる。もし御所（頼家）が名越邸におられ、そこへ大勢の武装兵で押しかけてみろ、確実に謀叛の罪を着せられるぞ」

これを聞いた比企衆が静まり返る。頼家の居所を見失ってしまったのは、比企方の痛恨の失策だ。

沈黙した比企衆が意味ありげに、能員を仰ぐ。何を言いたいのか、すぐに能員にもわかった。

「誰ぞ、八幡宮を見てまいれ」

鶴岡八幡宮《つるがおかはちまんぐう》の様子から、判断できるのである。頼家の生死を。八幡宮では頼家が急病に倒れて以来、平癒《へいゆ》祈願の読経が、かしましくセミの鳴くありさまだ。平癒祈願の請僧《しょうそう》たちは京都から招かれており、その請僧たちに鎌倉下向を命じたのは京都朝廷だった。だから時政の口出しは許されない。請僧たちは頼家が生きているかぎり、読経は止めず、もし頼家が死ねば、時政が何といおうと、読経を止めてしまうのである。つまり読経の声が今も響いていれば、頼家は生きているということだ。

急ぎ鶴岡八幡宮へ走った比企衆の一人が、息せき切って帰ってきた。

「八幡宮の読経は続いております」

その報告を受けた比企能員が、水干葛袴《すいかんくずばかま》を身に着けだす。薬師如来供養を名目とした会談に臨むため、名越邸（北条時政邸）へ向かう支度だ。なおも案じ顔を並べている比企衆へ、声を励まして能員は告げた。

「御所が生きておられるうえは、この能員も安泰だ。北条がわしを手に掛けてみよ。謀叛の罪に問われるのは北条の方だ」

頼家の生死にとらわれ過ぎた能員と比企衆は、意識不明という状態があることを、すっかり失念してしまったのか。どうやら比企方には、江間小四郎義時のような者がいなかったらしい。

その少し前、慌てふためいて北条時政の名越邸に駆けつけていたのは、仁田四郎忠常である。その忠常を、北条家の家来のような顔をした天野藤内遠景が、出迎えた。すっかり二人の立場は逆転してしまい、今度は仁田忠常が、相手の機嫌をうかがいながら天野遠景に頼み込む。

「北条殿に取り継いでくれんかの」

天野遠景は取り継ぐ代償を、仁田忠常からたっぷりせしめようと舌なめずりしたが、背後から肩を叩かれ、その相手が北条時政その人だと知ると、慌てて八の字眉を笑ませた。

「おう、仁田四郎か。よう参った。入れ、入れ」

鷹揚《おうよう》に声をかけた時政へ、仁田忠常は平身低頭する。

「何なりとこの忠常にお命じくだされ」

「ほう、それはありがたい」

目を丸くしてみせた時政が、天野遠景に目くばせする。二人で比企能員を仕物《しもの》に掛けよ、という意味だ。遠景に不満そうな表情が宿ったが、時政は仁田忠常の大力には使い道があると見たのだろう。

「じきに比企廷尉《ていい》（能員）が此処にやって来る。見ものだな、ウヒャヒャ」

時政が上機嫌なのは、大江広元の説得に成功したためもある。名越邸に呼ばれた大江広元は誘殺の危険も感じたが、これは時政を買い被り過ぎだ。梶原景時は始末できても、大江広元を始末するわけにはいかない。京都と鎌倉の双方を知り尽くした大江広元の助けなしでは、時政も今後の鎌倉を動かせなかった。

「御所の御命は旦夕《たんせき》に迫っておる」

　そう漏らした時政は、厳重に隔離した頼家の病室へ、広元を案内することまでやっている。昏睡状態で目の上が腫れた頼家の姿を目の当たりにして、広元も踏ん切りがついた。

　間もなくして比企能員が、名越邸に到着する。水干葛袴姿だ。邸内には香華《こうげ》が漂い、仏像供養の衣装をまとった能員は、あくまで厳粛な面持ちで母屋の妻戸《つまど》脇を通り抜ける。

　そこに出迎えの北条時政がいた。比企能員と同じ水干葛袴姿だったが、妻戸脇の両側に潜んでいたのは、弓を引き絞った天野遠景と仁田忠常だ。

「廷尉（比企能員）殿、よくぞお越しくだされた」

　重々しく呼ばわった時政に、能員が勿体付けた一礼を返そうとしたときだ。妻戸脇に隠れた遠景と忠常が、通り過ぎた能員の背後からぬっと現れ、引き絞った弓につがえた矢を、その水干葛袴に押し当てるように両側から放った。

　一瞬の間に、場の厳粛な空気は消し飛んだ。腰骨のあたりに二本の矢を生やした能員が、よろめきながら、行く手の時政を見やる。

　時政は笑っていた。

――何がおかしい。

言いかけた能員の意識が、ぶつりと途切れる。能員の首を掻き切った忠常が、遠景を押し退けて、時政にそれを捧げた。

「よい働きだぞ、仁田四郎」

能員の返り血を浴びて、時政はまた笑った。


比企一門の屋敷が集まる比企谷《ひきがやつ》は大混乱に陥った。比企能員が謀叛の罪で討たれ、一門にも同じ罪で追討令が出たというのだ。

追討令を出したのは、尼御台政子である。

事ここに至って、ようやく比企衆は頼家の昏睡状態を知る。頼家が鎌倉殿の権限を執行できない以上、それを代行できるのは、「後家」であり頼家生母である政子しかいない。

鎌倉を代表する御家人たちが、死に体の比企一門めがけて襲いかかってきた。まるで死臭を嗅ぎつけたハイエナのように。

比企一門の呆気ない滅亡には、不運もあれば失策もある。だが根本の理由は、比企一門の総帥《そうすい》、比企能員の出自にあったのではないか。比企家が頼家を養君にできるほど優遇されたのは、比企尼（比企掃部允《かもんのじょう》の妻）が流人時代の頼朝の面倒を見たからである。夫の死後、後家となった比企尼は、一門の総力を挙げて頼朝を助けた。もし比企能員が比企尼の実子であったなら、結果は違っていたかもしれない。だが比企尼に男子はなく、甥を猶子《ゆうし》としたのが能員だ。おまけに能員は阿波国の出身といわれ、関東武士にとっては「よそ者」だった。頼家の居所を能員に知らせる者がいなかったのは、そのせいもあるのではないか。

三

こうして比企一門を葬り去った北条時政は、狙い通り北条家の養君であった千幡を、次の鎌倉殿に据える。いまだ十二歳であった千幡は元服して「実朝」と名乗った。

時政は鎌倉殿の祖父の地位を守った。しかも実朝は北条家の養君であり、今後の鎌倉府は思いのままだと、鼻息が荒くなった時政に対して、「わたしを忘れるな」と牽制してきたのは、尼御台政子である。

後家であり実朝生母でもある政子の存在を、時政が忘れたことはない。その牽制も想定の内だったが、ここにさすがの時政も予測だにしなかった椿事《ちんじ》が起きた。

死相が出ていた頼家が、驚異的な体力で回復してしまったのである。

――ナマジイニ　寿算《じゆさん》ヲ保チタマフ。

と『吾妻鏡《あづまかがみ》』は記している。このとき頼家が復活してしまったことが、その後の源氏の運命を決めてしまった。もし頼家がそのまま病死していれば、その後の悲劇も起こらなかっただろう。

だが頼家は昏睡状態から目覚めてしまった。そして己れが股肱と恃《たの》む比企一門が、北条時政によって滅ぼされたことを知り激怒したのだ。

病床の頼家がただちに呼んだのは、堀藤次親家である。堀藤次親家も生き返った頼家を見て仰天したが、そこに確かに現形の頼家がいるのを見るや、ただちに平伏してその指図を待つ。その堀親家に、頼家が命じた。「北条時政を討て」と。

時政追討の御教書《みぎようしよ》は、最初に仁田四郎忠常へもたらされた。頼家が生き返ったことを知らされ仁田忠常も茫然自失したが、「次に和田（義盛）殿に御教書を渡す」と、犬のような忠実さで頼家の命令を実行しようとする堀親家を、仁田忠常は止めた。

「知らぬこととはいいながら、比企廷尉を討ったのは、おれじゃないか」

御教書を握り締めて忠常はうなる。

「何をすべきか、先がどうなるかの見当がつかん」

その仁田忠常へ、堀親家が言いとおす。

「おれは御所の御指図に従うまでじゃ」

「その御所が、すでに御所ではないのだ」

忠常が吐き捨てる。すでに代替わりして、実朝が新たな鎌倉殿に立っていた。ううむ、と低く漏らしたきり、忠常は黙り込んだ。頭を掻きむしって突っ伏した忠常が、やがて決心したように顔を上げて堀親家へ告げた。

「おれが北条殿に探りを入れてくる。北条殿の目の前で比企廷尉を討ったのは、おれと藤内だからな。北条殿の言いようによっては、おれが罪に問われる。おれが比企廷尉を討ったのは、尼御台が鎌倉殿の代行であったからなのだ。その事情が明らかにならぬうちに、ほかの誰かに知られては、おれの首があやうくなってくるかもしれん。だから、しばらく使者の御役目は待ってくれ」

そう言い置いて仁田忠常は、その場をあとにする。だが忠常は、そのまま北条時政の名越邸に向かおうとはしなかった。ひそかに弟の五郎と六郎を呼びよせたのである。緊張した面持ちの五郎と六郎へ、忠常が声を押し殺す。

「金吾（頼家）殿の御教書は此処に置いていく。もしおれが名越邸から出てこなければ、これを持って和田殿のもとへ駆け込め」

忠常から御教書を預けられた五郎と六郎は、その意図を察したようだ。

「兄者、相手はあの北条殿ではないか。あぶな過ぎるぞ」

「かもしれん。だが、ここで勝負しなければ、おれは一生、北条殿にこき使われるだけだ」

伊豆にいたころ北条時政の下働きとして、みずから筏《いかだ》を引いた忠常が、太い腕を叩きながら思い出してつぶやく。

「狩野川の流れは意外に急なのだ。しかも所々に深い淵が隠れておる。流れに足をすくわれたり淵にはまり込んだりして命を落とした筏引きも数知れん。なのに初めて狩野川を目の当たりにした北条殿は呑気に言ったものだ。『思ったよりでかい河だな』と」

北条時政の名越邸に赴いた仁田忠常が、対面の場に出てきた時政の表情を探り見ながら告げる。

「北条殿を討て、との御教書が出ております。この御教書、北条殿に買っていただけませぬか」

「ふぅむ」と漏らした時政が、ふとった首を振りながら忠常に問う。

「わいの望みを申してみよ」

まなじりを決した忠常が、いよいよ時政への視線を強めながら、乾いた唇を舐《な》める。

二か所の小さくない荘園の名を上げた忠常の声が、かすれながら時政の耳に届いた。

「なるほどの。して御教書の実物はどこにある」

時政に問われ、忠常はかぶりを振る。

「此処にはございませぬ。北条殿の下文《くだしぶみ》と引き換えに、御教書の実物をお渡しいたします」

これを聞いて時政は、「ウヒャヒャ」と笑い出した。

「取引というわけじゃ」

気に入ったぞ、と言わんばかりに時政は、家人に酒の支度を命じた。辞去しようとする忠常を強引に引き止め、その酒盃を満たしたが、忠常の警戒心を解くように、同じ提子で己れの盃にも酒を満たし先に飲み干してみせながら言った。

「安堵せよ、小細工などせぬわ。それにわい、酒には強いであろう。少々飲んだからといって正気が乱れるわけではあるまい」

時政は対面の場から、決して席を外そうとはしなかった。仁田忠常を一人残さぬことによって、この場に刺客を送り込む気はないと、忠常に示したのである。

時政の言った通り、忠常は酒に強い。また大好物である。酒盃をあおるうち、長っ尻となり、どんどん時間がたっていった。

夜が更けても、忠常は外へ出てこない。外の厩舎《きゆうしや》で忠常を待っていたのは、その郎等である。主人の馬の口を取って来たその郎等は、なぜ忠常が名越邸を訪ねたか知っていた。五郎と六郎と同じ不安を、その郎等も抱いており、しかも同じ名越邸で比企能員が討たれたときも現場にいて、逃げ帰る能員の郎等を目の前で見ていた。

忠常も同じ目に遭ったかと早合点して、その郎等は主人を乗せぬ馬を引いて、五郎と六郎のもとへ逃げ戻った。

これを知った五郎と六郎は、忠常の言い置いた通り、御教書をつかんで和田義盛の屋敷に駆け込む。

和田義盛は梶原景時の滅亡後に、侍所の別当（長官）を受け継いでいる。

鎌倉府が始まったときから、侍所の責任者は梶原景時だった。だから五郎と六郎は——いや、仁田四郎忠常も、梶原景時時代のように綱紀厳正な侍所が、いまも続いているような気がしていた。

仁田五郎と六郎から、危篤の頼家が生き返ったと聞かされ、和田義盛は蒼ざめた。和田義盛は北条時政と親しいわけではなかったが、比企一族は御家人のみなで血祭りにあげたのである。

——今さら生き返ってもらっては困る。

和田義盛は五郎と六郎から、さりげなく頼家の御教書を受け取ると、これを五郎と六郎には返さず、そのまま北条時政のもとに送った。さらに五郎と六郎から頼家の使者を務めた者の名を聞き出すと、これも時政に知らせた。

この追討令の存在は、何としても隠し通さねばならなかった。追討令で名指しされた北条時政だけの問題ではない。もし追討令の存在が知られれば、和田義盛も他の有力御家人もみな同罪になってしまうのだ。

この期に及んで、仁田五郎と六郎は、ようやく様子がおかしいのに気が付いた。和田義盛邸から逃げかえってみれば、見慣れていたはずの仁田邸が夜闇で別の顔を見せていた。

広からぬ邸内は静まり返っている。出かけてから、まださして時間がたっていないのに、すっかり空気が変わってしまっていた。

異常を感じた五郎と六郎は、灯を消して邸内に入った。真っ暗な邸内を一歩一歩用心しながら進む。邸内の勝手は分かっており、暗闇に手をかざしながら進んだ彼らの指先が、何か柔らかいものに触れた。びくっとしたが、触れたものに動く気配はない。あたりも静まり返ったままだ。

決心したように、灯を点ける。火明かりに浮かんだのは、血まみれで息絶えた堀藤次親家だった。堀藤次親家は敵の刃を素手でつかんだらしく、斬り落とされた指が、照らし出された血だまりの中に散らばり落ちていた。

同じ運命が五郎と六郎に迫ろうとしている。

恐怖に駆られた二人が飛びついたのは具足櫃《ぐそくびつ》だ。なんとか身を守らねばならない。二人は念仏を唱えながら弓に弦を張り、全身を甲冑で鎧うと、矢を盛った箙《えびら》を負い、弦を張り終えた弓を握って、太刀を腰に佩《は》いた。

真っ暗な仁田邸を飛び出した二人が向かったのは、尼御台政子邸だ。危急を政子に訴えようと尼御台邸の総門を叩いた二人に、門を守る衛士《えじ》たちが、思いもよらぬ言葉が浴びせてきた。

「謀叛人の推参じゃ。出会え、尼御台を害し奉らんとする謀叛人が門外にまかりおる」

「なんと」

びっくりした二人に、今度は衛士たちの放つ矢が、次々と襲いかかってきた。

「何をする！」

二人とも、自分たちが、甲冑に身を鎧い弓に弦を張ったことを忘れたわけではない。だが必死に自分の身を守ろうとした二人は、己れたちの姿が、外からどう見えるかにまで思い至らなかった。

そのものものしい合戦支度で、二人は総門に迫らんとする。

「誤解だ、我らはただ訴えの儀あって推参つかまつった」

声をかぎりに呼ばわった二人へ返ってきたのは、次々と射込まれてくる矢の雨である。二人は弓射攻撃を浴びながら、「やめてくれ」と叫んだ。矢の雨は止まない。

「うわぁ」

二人は悲鳴を上げながら、箙に差した己れの矢をつかみ夢中で射返した。襲いかかってくる矢の雨が止んだが、その瞬間、二人は謀叛人に定まった。

二人が弓引いたのは、尼御台邸なのだから。

時ならぬ矢叫びの声に深更の尼御台邸が騒乱するなか、ほろ酔い加減で来合わせたのは、北条時政の名越邸を辞去した仁田四郎忠常である。騒乱の張本《ちょうほん》が仁田五郎と六郎であると知って、ほろ酔いも吹っ飛んだ四郎忠常は臍を嚙んだ。

鎌倉から逐電《ちくでん》するしかない。

騒乱のせいで、若宮大路《わかみやおおじ》は夜闇が掻き回されたようなありさまだ。群れとなった松《たい》明《まつ》が縦横に闇を破っており、人目につかぬまま大路を抜けられそうになかった。

思案した忠常が、鶴岡八幡宮の背後へ回ろうとする。八幡宮の背後を迂回すれば、亀谷《かめがやつ》の山中に逃げ込めた。夜が明けないうちならば、人目につかずに鎌倉の外へ出られるに違いない。

松明の光と騒乱の声を避けるように、忠常は夜のしじまに包まれた八幡宮の裏手へ紛れ入る。睨んだ通り周囲は闇に静まり返っており、忠常は紙燭《しそく》の火で下を照らしながら足を速めた。

不意に誰かにぶつかりそうになった。ドキリとして足を止めた忠常が、むしろのんびりとした声に呼び止められる。

「待たんか、仁田の四郎」

息が止まりかけた忠常が紙燭を向けた先に、黒い人影が浮かびあがる。加藤次郎景廉だった。腹巻鎧を着し、鋼鉄の半頭《はつぶり》を付けている。黒光りする半頭のせいか、見慣れた景廉の風貌が不気味に映った。

その景廉が、一歩一歩、忠常の方へ迫ってくる。景廉の得物《えもの》である薙刀《なぎなた》の大きな刃が、火明かりを反射して忠常を脅かす。

咄嗟《とっさ》に忠常は闇の中に逃げ込もうと、手にしていた紙燭を投げ捨てて踏み消した。だが忠常をあぶりだす光は、その場から消えようとはしない。面食らった忠常は、ようやく気が付いた。景廉の郎等たちが、忠常に向かって松明を差し伸べていたのだ。

松明の光に狙われながら、忠常が景廉に呼びかけた。

「見逃してくれんか」

「そうしてやりたいのはやまやまだが」

残念そうに景廉は首を振る。

「わ殿も知っての通り、おれは梶原殿の乱に巻き込まれて、元の伊勢浪人に逆戻りじゃ。召し上げられた領地を取り返さねばならんのよ」

比企の乱で比企余一《よいち》（比企能員の嫡男）を討って、なんとか首をつないだものの、いまだ所領は没収されたままだ。

精一杯に景廉の宣告を受け止めた忠常の顔は蒼白だったが、それでも景廉の薙刀に向かって腰の太刀を抜く。向き合ってみれば、忠常の方が圧倒的に大きい。だが景廉は華奢《きゃしゃ》な体格からは想像もできぬ、薙刀の使い手だ。

その景廉が忠常を取り囲んで松明を照らす郎等たちへ言った。

「わいら、手出しすな」

尋常な勝負こそが、景廉の「武士の情け」というわけか。

だが、すでに勝負は決している。此処で待ち伏せされた時点で、忠常の負けだ。

最初にしかけたのは忠常の方だ。踏み込んだ一太刀が、景廉の正面を撃つ。だが景廉は躱《かわ》し損ねた、というより、躱す気もなかったのだろう。最初の一太刀は、鋼鉄の半頭を弱々しく叩いただけなのだから。

悠然と景廉は自慢の薙刀で反撃に出る。その重みを活かした一撃を受け、腕貫緒《うでぬきお》の用意がない忠常の太刀は、弾き飛ばされてしまった。

拝むように膝を折った忠常の顔面を、真っ向から景廉の薙刀が割る。片目が飛び出した忠常の顔面が、一瞬アカンベェをしたようになった。

四

生き返った源頼家は尼御台政子の計らいで、強制的に出家させられたのち、伊豆の修善寺《しゅぜんじ》に送られた。修善寺は江間義時の領内にあり、義時に押し付けられた恰好だが、北条時政以下の鎌倉府首脳も、まったく頼家を持て余してしまっていたのである。

臭いものに蓋《ふた》――で、修善寺に押し込めたのだが、頼家を修善寺に幽閉してから間もなくして、伊勢国に反乱が起こった。

この国では二十年ほど前にも、反乱が起きている。この国はもともと平家の地盤であり、清盛の平家は伊勢平氏と呼ばれていた。

だが二十年前に乱が起きたとき、清盛はすでに故人だったものの、屋島と彦島に拠点を構えた平家は、いまだ健在だった。伊勢国で蜂起したのも、伊藤忠清《ただきよ》のような平家の親衛隊長ともいうべき武将たちで、彼らが平家首脳に呼応して蜂起したのは間違いない。

だがこのたびは違う。肝心の平家が滅亡してしまっているのだ。たとえ実行部隊が伊勢平氏の残党であったとしても、地侍《じざむらい》にすぎない彼らが天下に対して反乱を起こすには、平家に負けぬ旗印が必要なはずだ。

期せずして鎌倉府の疑惑は、源頼家に向けられる。確証はない。頼家は伊豆の修善寺の外へ出ていないのだ。だが修善寺の外へ出してしまったら、もう手遅れだ。反鎌倉勢力に奉じられた頼家が逆襲してくる幻想に、鎌倉府の皆は震え上がった。

そんなときである。牧ノ方《まきのかた》が江間小四郎義時に接触を図ってきたのは。

牧ノ方は北条時政の後妻である。ずいぶん歳の違う夫婦だ。北条時政は治承の旗揚げ以前から牧ノ方の牧家と取引があった。牧家の大岡牧《おおおかまき》は、狩野川を使って天城山中の材木を流す先の沼津の近くにあり、時政は大岡牧の馬匹《ばひつ》の搬送も請け負っていたようだ。

娘時代の牧ノ方は、太ったタヌキのような時政など、はなもひっかけなかったらしい。だが時政が鎌倉殿（源頼朝）の舅になると、気が変わってその後妻におさまった。

当初、牧ノ方など、鎌倉府を独裁する源頼朝の眼中になかった。風向きが変わったのは、平家や奥州藤原氏を滅ぼして、京都朝廷との外交に本腰を入れ始めてからだ。当時、京都朝廷の最高権力者は後白河法皇だったが、その後白河法皇の格別のお気に入りが丹後局《たんごのつぼね》（高階栄子《たかしなえいし》）だったのである。

牧家は大岡牧（駿河国）を経営していても、その本拠は京都に置いており、牧ノ方は京都政界に顔が広かった。とくに丹後局とは女性同士であり、後白河法皇の「内々の意向」は丹後局から牧ノ方を経由して、ようやく頼朝の耳に届くのである。それまで牧ノ方の存在を無視していた頼朝が、ずいぶんと気を遣いだしたのはそのころからだ。

頼朝の没後も牧ノ方の影響力は変わらなかった。いや、さらに増したと言っていい。その牧ノ方に眼を付けられたのだから、嫌な予感がした江間小四郎義時が逃げ回るのも無理からぬことだ。

だが面会を避けたくらいで、引き下がる牧ノ方ではない。とうとう書面を押し付けてきた。まるで男が書いたような漢字かなまじり文だった。

御所ヲウシナヒマイラセルモマタ鎌倉ノ御為カト心得候——の一文を見やり、義時は顔をしかめた。

いやな仕事を押し付けようとする自覚はあったらしく、「修善寺はあなたの本領でしょう」と、理由づけてあった。

やれやれ、と溜息をついた義時が、牧ノ方の書面を廃棄しようとして止める。尋常ではないことが記されていたからだ。かつて治承の旗揚げのおり、頼朝が己れに向けて放たれた矢が鎧の射向けの袖に刺さったのを、抜き捨てずに後日の証拠としたことを、思い出したのである。

牧ノ方の書面を保管した義時が呼び寄せたのは、金窪太郎行親だった。いまでは苗字の地を持ち、すっかり御家人風俗が馴染んで見える金窪行親だったが、その本性はむかしのままだ。

少し前にも、義時は金窪行親に密命を下している。比企の乱のどさくさに紛れて、頼家の嫡男であり、若狭局（比企能員の娘）の所生《しょせい》である一幡を密殺する仕事だ。

実朝の地位を脅《おびや》かす可能性がある一幡を、そのままにはおけない。

本当は比企谷《ひきがやつ》の戦乱の渦中で、比企一門の巻き添えを食わされた恰好で始末したかったのだが、比企谷から脱出されてしまったため、金窪行親の出番となった。

一幡の隠れ家を探し出して密殺した金窪行親に、江間義時は尋ねてみた。

「がんぜない幼童を殺すのにためらいはなかったか」

もし当たり前の御家人にそんな聞き方をしたなら、その者は気色《けしき》ばむであろう。だが金窪行親は淡々と答えた。

「治承の旗揚げのおり、おれが箱根社に逐電してきた理由は、別当坊からお聞きになったと思います」

義時がうなずく。当時、鬼窪と呼ばれる童子だった金窪行親は、平家の伺候人を殺して西国から出奔してきたという。

殺し屋を本職としていると知り、あのおり智蔵坊同宿を雑作《ぞうさ》なく片付けた手際を、義時は思い出す。

とはいっても、西国にいたころ、殺し屋の仕事が毎日あったわけではない。ふだんは惣村《そうそん》を回って罪人の斬首を行っていたと語った。自治制度の発達した惣村には裁判権もあり、村掟《むらおきて》によって斬首も定められていた。救荒作物《きゅうこうさくもつ》を納めた蔵の貯蔵品を、盗み取った場合などである。

救荒蔵に盗みをはたらくのは、困窮した者に多い。働き手を失った老人や女子どもである。いくら村掟とはいえ、惣村の素人ではとうてい顔見知りの首は斬れないので、代わって童子たちが請け負った。

だから何の恨みもない無抵抗な者の首を斬ることには慣れている、と金窪行親は義時に語った。

そんな金窪行親だったが、今度の標的は前将軍の源頼家であり、義時は一人、助手を付けた。岡部《おかべ》平六《へいろく》という金剛（泰時）の用心棒をしている大力の武士である。岡部平六を推薦された金窪行親は、大力というより彼のある特技に注目して、同行を承知した。

鎌倉を出た金窪行親と岡部平六は、行く先を決して誰かに悟られてはならず、人目を避けながら伊豆半島の修善寺へと向かった。

この付近は江間義時の領内だったが、それでも誰にも姿を見られぬように、金窪行親と岡部平六は、山谷の道を選んで修善寺の裏手へと回る。険しい断崖の裏山に潜んだ金窪行親が、岡部平六に注意を呼びかけた。

「見張りがいるかもしれん。油断すな」

裏山に潜んだ金窪行親が、見張りのいそうな場所をいちいち確かめてから、裏門をうかがえる辺りまで、そっと崖道を下っていく。

裏門には警固の者がいた。だが金窪行親は慌てた様子もなく、その場に腰を据える。岡部平六にささやいた。

「例の物、用意はいいか」

答える代わりに、岡部平六は投げ緒を取り出してみせる。関東には投げ緒で野生の馬を捕える習慣があり、岡部平六はその名人だった。

日が西へ傾きだす。急に裏門の門番が姿を消し、符牒《ふちょう》を合わせて金窪行親が動き出す。門番の姿が消えた裏門から内に忍び入った。

内に入ったとたん、激しい水音に迎えられる。すぐ近くに谷川が流れているらしい。水音に紛れて聞こえにくくなる——これから始まる凶行の響きが。

初めて来たはずなのに、迷いなく進んだ金窪行親が、標的の建物をあやまたず捉えて、持仏堂らしき建物の陰から、その建物を見張った。

湯殿《ゆどの》だ。格子をはめた窓から、白い湯気が出ている。

湯殿に人の気配がしだす。金窪行親が岡部平六に眼で合図した。持仏堂らしき建物の陰から這い出した二人が、用心しながら格子窓から中をのぞく。

湯気の中に、裸の頼家がいた。

金窪行親が二度目の合図を目顔で送る。鈍重なほどの岡部平六の合図が返ってくる。見立て通りの頼もしさを覚えた行親へ、平六はゆっくりと投げ緒を掲げてみせた。

湯殿の正面に回った行親が、周囲に人目がないのを確かめつつ、湯殿の戸に耳を押し当てる。鋭く重い短刀を抜き放った。

湯殿の戸を蹴破るや、それを合図に格子窓の間から、平六の投げ緒が飛ぶ。狙いたがわず頼家の首に巻き付いた。

真裸の頼家の体がのけぞる。その腹部を短刀で抉《えぐ》ろうと踏み込んで、異変が起こった。のけぞったはずの頼家の体が、元通りになってしまった。

驚く間もあらばこそ、湯殿の外で平六の巨体が、板壁にぶち当たっていた。

修羅場に慣れた行親も、何が起きたのかと仰天する。

頼家だ。頼家が凄まじい力で、首に巻き付いた投げ緒をつかんで、振りまわしたのだ。振り回された平六の悲鳴が外から聞こえ、頼家の腹を抉ろうとした行親の短刀が、頼家が楯《たて》とした浴槽の蓋に当たって跳ね飛んでしまった。

武器を失った行親が、鬼の形相で迫ってくる頼家に、たじたじとなる。圧倒されかけた行親の体が傾き、組み伏せられようとして、真裸の頼家の睾丸《こうがん》が眼をかすめるや、咄嗟に手を伸ばしてこれを握り潰した。顔をゆがめた頼家が振りほどこうとするが、この手を離したらしまいだと、行親は歯を食いしばる。平六は何をしてやがる、と格子窓の外へ視線を投げた行親の眼に映ったのは、鈍重な平静さを頼家の怪力に吹っ飛ばされながらも、懸命に投げ緒の端を引っ張る平六だった。

投げ緒は頼家の首に巻き付いたままだ。引っ張られた頼家が、首に巻き付いた投げ緒をつかむや、その隙に行親が湯殿の隅に飛ばされていた短刀を手繰《たぐ》り寄せる。

短刀を握り損ねたが、構わず頼家に突進する。ちゃんと握られていない短刀の刃が、頼家の下腹を裂きながら横滑りする。ぞっとする形相に変わった頼家が、烏帽子が脱げ落ちた行親の髻《もとどり》をつかむ。もしそのままだったなら行親はねじ伏せられていただろうが、投げ緒の端にしがみついた平六が、無我夢中に縄を引っ張り続け、とうとうのけぞった頼家の下腹を深々と抉ってとどめを刺した。

「首桶を！」

しゃがれ声を行親は上げた。だが格子窓の外の平六は、板壁にぶち当てられた恰好のまま投げ緒を引っ張っている。頼家の死体が、ずるずると這い上がっていった。

「首桶を！」

また行親は叫んだ。今度は先ほどよりも、もっと大きくしゃがれた声だった。ハッとしたように平六は投げ緒の端を投げ捨てる。首に投げ緒を巻き付けたまま、頼家の死体が、ドンと腰を据え、生きているように両眼をかっと見開いて行親を睨んだ。

行親はその場ですくみあがったが、首桶を抱えた平六が、バタバタと湯殿に飛び込んでくるや、「貸せ！」と首桶を受け取る。頼家の死の形相を目の当たりにして立ち往生した平六を尻目に、頼家の死体に躍りかかって、その首を取る。血潮と湯が混じり合って、その足元を滑らせた。

つんのめりながら行親が、その場に棒立ちとなった平六に叱咤の声を上げる。

「退散するぞ、ぐずぐずするな」

こんな大太刀回りを演じたのでは、いかに谷川の水音で紛らわしても、母屋に聞こえてしまう。ここでぐずぐずしていれば、駆けつけてきた頼家の郎等たちに殺されて終わりだ。

首桶を抱えた行親が、湯殿から逃げ出そうとして、転がった浴槽の蓋《ふた》に何か引っ掛かっているのに気付く。烏帽子だ。頼家との格闘で脱げ飛んだ己れの烏帽子。よろめきながら脱げ飛んだ己れの烏帽子を取りに引き返す行親の背中へ、平六のしゃがれ声が飛んだ。

「何してやがる。ぐずぐずするなってほざいたのは、うぬだろう！」

首桶を抱えてよろめいていた行親が、白眼を剝き出して平六を振り返って叫ぶ。

「こんな証拠を残しておけるか、バカ！」

這う這うの体で湯殿を出た二人は、誰もいない裏門を抜け通って、裏山の崖道を喘《あえ》ぎながら登った。

何度も何度も後ろを振り返る。誰もいない木陰に、ぎょっとして立ちすくみ、金窪行親と岡部平六は蒼白な顔を見合わせた。

いまだ二人は何かと戦っているように、しゃにむに崖道を這い登った。首桶を抱えた行親が、また足をもつれさせる。あとに続く平六が、しゃがれた声で叫んだ。

「首桶を棄てろ！」

「そうはいくか！」

行親が嗄《か》れた声で怒鳴り返す。

こうして何かに追いかけられるように鎌倉まで戻った行親が、ようやく首桶の中を義時に見せる。

一瞬、顔をしかめた義時が、大きく溜息をついた。「苦労であった」と行親をねぎらったあとに続ける。

「これなる御首《みしるし》、とても尼御台にはお見せできぬ」

いま一度、義時は溜息を漏らして言った。

「金吾（頼家）殿の御最期は、おれから尼御台に申し上げねばならぬ。だが、とても金窪から聞いたままを、お伝えすることはできぬ」

頭を抱えた義時だったが、こう付け加えるのを忘れなかった。

「修善寺の件を知る金吾殿の郎等たちが、主君の仇を晴らさんと鎌倉に入ったよし。

この鎌倉に足を踏み入れたが幸い、取りこめて一人残らず始末しろ」

するとと金窪行親が尋ねる。

「西国へ逐電した者が、おるかもしれませぬ。その者の口をふさぐのは難しいかと」

「構わん。人の口に戸は立てられぬものだ。たとえ京都に知られても、こちらが聞こえぬふりで押し通せば、敢えて京都は藪《やぶ》から蛇《へび》を突つき出す真似はせぬであろう」

間延びした義時の顔を、ふてぶてしさが掠めたが、また溜息をついて、かぶりを振った。

「おいたわしや、右幕下（頼朝）」

義時が天を仰ぐ。

思い返されるのは、奥州征伐のおりの頼朝だ。あのとき、奥州で見せた頼朝の儀式が忘れられない。藤原泰衡《やすひら》の首が届けられた頼朝は、先祖頼義《よりよし》の先例に倣《なら》って、頼義が安倍貞任《あべのさだとう》の首を晒したのと同じやり方で泰衡の首を晒した。同じ寸法の釘を使い、貞任の首を晒す役を務めた者の子孫に、同じ役を務めさせ泰衡の首を晒させたのだ。

あの儀式で頼朝が内外に示したかったのは、源氏の永続性であろう。天皇家と変わらぬ源氏の永続性だ。源氏は不変の武家棟梁《とうりょう》であり、その郎等たちもまた、不変の源氏郎等だ、ということである。

それは途方もない幻想だ。誰もがみな幻想だと知っている。頼朝はその幻想を事実にしようとして、あの奥州での儀式を執り行ったに違いない。

頼朝は儀式を積み重ねていけば、幻想も事実となっていくことを知っていたのだろう。だが頼朝には時間が足りなかったようだ。源氏が頼朝の父の代に滅んだ事実は——頼朝の父（義朝）が己れの郎等に殺されたことまで含めて——大倉御所を天皇の内裏みたいに造ったくらいでは、人々の記憶から消せない。

頼朝が儀式を積み重ねる時間が足りなかったせいで、その跡を継いだ頼家は非業の最期を遂げたのだ。

五

鎌倉の権力を、まんまと手中にしたのは、北条時政だった。邪魔な梶原景時を排除し、比企家とその養君頼家を葬り去って、北条家の養君である実朝を奉じ、その祖父として飛ぶ鳥を落とす勢いにのし上がっていったのである。

鎌倉の権力を手にした北条時政が、次に野心を燃やしたのは、領地の拡大だった。もともと伊豆の北条にしか拠点のなかった時政の領地は、ごくごく少ない。かつては義時の江間に色目を使った時政だったが、もうむかしの時政ではないのである。いまや鎌倉府を代表する御家人となった時政が狙ったのは、武蔵《むさし》国だった。

武蔵国には防衛上の問題（鎌倉に隣接している）もあったが、現在の東京都と埼玉県を合わせた、屈指の大国でもある。

武蔵国を代表するのは秩父党であり、その中心は畠山重忠だ。

鎌倉の権力を握った北条時政だったが、彼は関東から武蔵国を狙おうとはしなかった。京都に比重を置いたのである。

時政は娘婿の平賀朝雅《ひらがともまさ》（源氏門葉《げんじもんよう》）を、武蔵の国守とすることから始めた。また後白河法皇の崩御後、治天《ちてん》の君《きみ》は後鳥羽上皇となっていたが、その近臣である滋野井実《しげのいさね》宣《のぶ》を、娘婿とする。有力公卿《くぎょう》の滋野井実宣が時政ふぜいの娘婿となったのは、時政が鎌倉の権力者に成り上がったからだ。時政の京都工作には、その後妻、牧ノ方も嚙んでおり、他の追随を許さなかった。

そんなおり、北条時政が、親切ごかしに江間義時へ言ってきた。

「小四郎、そなたもわしの子だ。だから相模守《さがみのかみ》にしてやろう」

相模守に任じられれば、当然叙爵《じょしゃく》（従五位下《じゅごいのげ》に昇る）もされる。

北条時政は「叙爵」に、強い劣等感を抱いていた。かつて亡き頼朝の命令で上洛したさい、九条兼実《くじょうかねざね》から「北条丸」と蔑まれた過去を根に持っていた。北条丸の「丸」とは、人間ではない、という意味だ。公卿の頂点に立つ摂関家の九条兼実は、叙爵されていない者など人間扱いしなかったのである。

だが頼朝が生きている間は、「北条丸」のままでいるよりなかった。頼朝が叙爵を源氏の血縁に限定し、決して御家人の叙爵を許さなかったからである。

その時政は頼家の時代に叙爵された。鎌倉殿の祖父として。叙爵の栄光を江間義時にもおすそ分けしてやろうと時政は言うのだが、義時には嫌な予感しかなかった。

義時が叙爵されてから、僅《わず》か三か月後に、今度は北条政範《まさのり》が叙爵された。政範は時政と牧ノ方の子である。政範は十六歳。そして義時は四十二歳だった。

これを知った尼御台政子が、気色ばんで義時のもとへ飛んできた。

「北条殿のやり口は、むかし江間を狙ってきたときから、先刻承知です。小四郎に恩を着せるふりをして、政範を引き立てるつもりですよ。あの忌々《いまいま》しい牧ノ方と腹を合わせて。小四郎、このまま北条殿に好き放題されて、あなた、それでもいいのですか！」

政子から尻を叩かれても、義時は相変わらずだ。

「そうおっしゃられても、どうにもなりませんなぁ。なにせ北条殿は我らの頭越しに、全てを決しようとされているのですから」

流れは完全に時政にいっていた。鎌倉殿に奉じる実朝の正室選びでも、政子と義時の姉弟は、時政と牧ノ方の夫婦に主導権を取られてしまう。

政子は自分と血縁がある足利氏の娘を選ぼうとしたが、牧ノ方に猛烈に反対されてしまった。

「御所の御台にのぼられるお方が、関東の田舎侍の娘などでいいはずがありません」

その「関東の田舎侍の娘」である政子は、牧ノ方の言いぐさにムッとしたが、実朝本人が牧ノ方の意見に賛成なのだからどうにもならない。

実朝本人の支持を得た牧ノ方が、頼朝時代からの人脈を生かして、実朝の正室に選んできたのは、坊門信清《ぼうもんのぶきよ》の娘である。坊門信清は後鳥羽上皇の生母を肉親に持つ屈指の院近臣《いんのきんしん》であり、信清も内大臣《ないだいじん》にまで昇っている。

まずは文句のない人選だった。

尼御台政子は切歯扼腕《せっしやくわん》したが、江間義時はじたばたしても仕方がないと、時政と牧ノ方が打つ手を傍観するばかりである。

やがて実朝の正室となる坊門姫《ぼうもんのひめ》を迎える使者が、鎌倉から京都へ送られることになった。その晴れの使者を務めたのは北条政範だった。

京都政界への政範のお披露目だ。十六歳にして叙爵された政範に対して、四十を超えた義時がますます後れを取るのは必定だったが、ここで椿事が起きる。

北条政範が京都で客死してしまったのだ。

急報を受けた義時の心がつぶやく。

——運がいい。

政範は北条時政の子であると同時に、牧ノ方の牧家の養君でもあった。牧家が政範を全面支援したのは、牧家の血を引く政範が時政の跡を継げば、牧家も北条家とともに東（鎌倉）西（京都）を股にかけられると期待したからである。政範が死ねば、牧家と鎌倉の縁も切れてしまう。すでに時政は老齢であり、牧ノ方との間に再び男子が生まれるとは考えにくかった。

それでも義時が「運がいい」と密かにつぶやいたのは、北条時政の領土的野心を知るからである。時政の領土への執着の強さを知るのは、かつて江間の地を時政から守った尼御台政子だけではない。義時は政子の庇護《ひご》の陰にいただけだが、その立場にいたからこそ、よけいに時政の本性が見えたのである。政範の客死によって牧家の支援が消え、京都から武蔵国を狙えなくなった時政が、次に何を利用しようとしてくるのか、義時には掌を指すように分かっていた。

だから突然に時政の名越邸に呼びつけられても、義時は驚きもしない。ただ久々に対面した時政の恰好に、びっくりしただけである。

ふとったタヌキに化粧《けしょう》させればどうなるのか、義時は目の当たりにせざるを得ない。公家《くげ》を真似た立烏帽子の時政が、義時を見て「ウヒャヒャ」と笑う。その拍子に、白粉《おしろい》を塗りたくった顔の口元から、お歯黒が覗いてきた。

「相州《そうしゅう》」と時政は義時に呼びかけた。相模守だから相州である。

「三浦一門に連絡を付けてくれんか」

そう来ると思っていた。時政は必ず義時と三浦一門の関係を利用してくるはずだった。

江間義時は三浦義澄を烏帽子親としているうえに、かつて頼朝から十一人の警固衆の一人に選ばれたさい、同じく警固衆の一人に選ばれた三浦一門の佐原十郎義連と懇意になっている。

三浦一門では惣領の義澄が物故《ぶっこ》したあと、その子の義村が跡を継いでいた。江間義時は三浦義村とも懇意になっていたが、連絡役になってくれるのは、やはり佐原十郎義連である。

義時は三浦一門と連絡する理由を、敢えて時政に問わなかった。時政から命じられるままに、佐原十郎義連を通して、一門惣領の三浦義村との会見をお膳立てする。

北条時政と三浦義村との会見は、極秘裏に行われた。鎌倉の中心となっていた名越邸では人目につくので、会見場所は三浦邸となる。それも深夜だ。

義時は立会人として時政に同行するため名越邸に入ったが、大倉御所を真似た車寄せには、堂々たる牛車《ぎっしゃ》が鎮座していた。

そこへ公家装束の時政が、何か懐に抱えてやって来る。何だろう、と思って盗み見たところ、それは蒔絵《まきえ》の施された化粧箱だった。

さすがに義時も、声に出してたしなめた。

「あの」と、時政が大事そうに抱えた化粧箱を指さす。

「さようなものはお供にでも預けられた方が」

すると時政は、とんでもないと、かぶりを振った。

「牛車の内にて身仕舞いすることを忘れたか、相州。牛車には叙爵していない者を乗せるわけにはいかんのだぞ」

鼻息も荒く時政は言い放つ。

「だから、わしが自分で身仕舞いするよりない」

化粧箱を錦の御旗のように掲げた時政が、「ウヒャヒャ」と付け加えた。

「それとも相州、そなたがやってくれるのか」

これを聞いた義時は、それ以上は言わずに、時政のあとに従って牛車に乗り込む。豪華に飾り立てられた牛車は、内にはいってみれば、太った時政と二人でも息苦しさを感じぬ広さがあり、燭台の灯が、重々しく垂れた簾《すだれ》と凝った造りの物見窓を照らしていた。

牛車が三浦邸に着くまで、時政はずっと身仕舞いに夢中だった。鏡を目の前に立て、化粧箱から白粉、薫物《たきもの》、鉄漿《おはぐろ》などをしまった丸い容器を次々と取り出して、せっせと公卿ぶりの化粧をしていく。見事に白塗りの大タヌキが仕上がったころに三浦邸に着き、時政は薫物をプンプンとさせながら、牛車を降りていった。

三浦邸では三浦方の立会人、佐原十郎義連が出迎える。佐原十郎は時政を三浦義村の待つ奥へ案内したあと、表へ出てきて、牛車の傍にいた義時に声をかけた。

「江間殿、面倒をかける」

「いやいや、こちらの方こそ」

そう義時は応じたが、佐原十郎が言ったのは、三浦邸には車寄せがないことを指していたらしい。かつて鎌倉で牛車に乗れたのは頼朝だけだった。

「むかし何度か右幕下（頼朝）をお迎えしたことがあったが、いずれも右幕下の三崎《みさき》遊覧のおりであったようだ」

三浦邸に牛車が入ったのは初めてであり、車寄せがないせいで、バタバタしてしまったことを、佐原十郎は詫びているのだが、江間義時はかえって恐縮してみせた。

「北条殿が牛車だと伝えなかったおれが悪い」

「なんの、こちらの準備不足にござる」

松明に照らされた佐原十郎が近づいてくる。牛車から牛は外されており、どうやら三浦邸の厩舎《きゆうしや》に入れられたらしい。時政が京都から呼び寄せた牛飼童《うしかいわらわ》も、牛に付いていったらしく、ほかに人影はなかった。

佐原十郎が松明を地べたに刺す。急に光が下向きになって、江間義時と佐原十郎の立つあたりが暗くなった。

「江間殿」と、暗がりの中から、佐原十郎の声が聞こえる。

「北条殿の惣領（三浦義村）への用件、剣呑《けんのん》にござるな」

「北条殿の武蔵の国支配と引き換えに畠山（重忠）への仇討《あだうち》を認める、と北条殿は三浦の惣領に持ちかけられたのであろう」

治承の旗揚げのおり、平家に従った畠山重忠率いる秩父党の軍は衣笠城を攻め、前々三浦惣領の大介義明を討ち取っていた。

三浦一門にとって、畠山重忠は惣領の仇であったが、頼朝の裁定によって和解していた。

あのおりの誓言の当事者は、頼朝と当時の惣領（三浦義澄）である。二人とも故人となった今では誓言も無効となった、という理屈であろう。

「さすが江間殿」

佐原十郎はあのおり、次の三浦惣領となる義村の同座を止めた。その義時の慧眼を指して言ったのだが、面映《おもは》ゆげに義時はかぶりを振った。

「いや違うのだ。おれは泥をかぶるのは惣領一人でいい、と思ったのだ。惣領と同座すれば御裁定に従わざるを得ず、そうなれば次の惣領まで弓矢の道理を引っ込めてしまったことになり、三浦も武門の面目を守れぬであろう。決して、いまのような事態を予測したわけではない」

「まぁ結果として三浦一門は誓言から自由になったのだ」

佐原十郎の低い声が闇に沈んでいく。義時は相手の表情へ眼を凝らしたが、暗がりに紛れて、しかとは確かめられなかった。

「江間殿、お聞き及びか。北条殿は稲毛《いなげ》入道《にゅうどう》（重成《しげなり》）を使って、畠山をおびき寄せんとたくらんでおられるようだ」

稲毛入道重成は、標的とする秩父党の一員である。このような場合、標的に内通者を作るのが効果的であり、北条時政の婿である稲毛入道は、その役としてうってつけだ。

「だが畠山も稲毛入道を信じまい」

かつて頼朝の上洛に従った稲毛入道重成は、帰途で妻の時政娘が重体だと知らされるや、頼朝から拝領した馬に鞭打って、重体の妻のもとに駆けつけた。なんと麗《うるわ》しい夫婦愛と言いたいところだが、稲毛入道が気にかけたのは、妻の容態ではなく、その父である北条時政の機嫌だった。

そんな稲毛入道を信じまい、と義時は言ったのだ。

「しかも稲毛入道は例の着到交名《ちゃくとうきょうみょう》に載っている」

衣笠城攻めのさい、おそらく平家に提出する目的で大庭景親が作成した着到交名に、稲毛入道重成の名もあった。

「三浦の御一門も、畠山を討つ代わりに、着到に名がある稲毛入道を見逃すのでは、すっきりしまい」

義時がそう言ったとき、今度は佐原十郎が、闇に紛れた相手の表情へ眼を凝らす。探りを入れながら闇に向かって訊き返した。

「江間殿、稲毛入道では不向きなら、いったい誰ならばいいとお考えか」

「榛谷四郎《はんがやしろう》ならば」

そう義時の声が返ってくる。榛谷四郎重朝は稲毛入道重成の弟だったが、例の着到に名がなかった。だから十一人の警固衆の一人にも選ばれたのである。

「なるほど。榛谷四郎ならば北条殿との縁もない。榛谷ならば畠山も信じるだろう」

さも感心したような声を上げたが、それは佐原十郎の予測の範囲だ。

榛谷重朝を推薦すると思っていたよ——と、暗がりの中で眼を笑わせた佐原十郎へ、耳を疑う義時の声が不意打ちしてきた。

「榛谷四郎もまた、あの衣笠攻めの場にいたようだ」

えっ、と声を出しかけた佐原十郎が、暗がりの義時を見つめる。相手の真意を探ろうとして、暗闇に阻まれてしまった。

「なぜ」

それでも佐原十郎は暗がりの義時を凝視する。

「なぜ、榛谷四郎が、その場にいたと？」

「榛谷四郎は、見ていたのだ、三浦の旗を」

「旗って、あの丸に三つ引きか？」

拍子抜けしたように、佐原十郎が訊き返す。丸に三つ引きならば、いくさのたびに掲げられている。鎌倉の御家人ならば、みな知っているだろう。いや、御家人でなくとも、見たことのある者は多いはずだ。

「違うのだ」

闇に沈んだ義時の声が、佐原十郎に迫ってきた。

「四郎が見たのは、黄紫紺《きむらど》の旗だ。奥州征伐のおり、四郎は丸に三つ引きではない三浦の旗を見ている、と気が付いた」

息を呑んだ佐原十郎へ、義時の声が畳みかけてきた。

「貴殿も三浦の御一門だ。黄紫紺の旗が、いかなる時に掲げられるのか、ご存知のはず」

三浦大介義明の最期の場に、衣笠城に掲げられていたのは、丸に三つ引きではなく黄紫紺の旗だ。黄紫紺こそ三浦の旗だったが、それを知る者は鎌倉にも少ない。

丸に三つ引きが知られるようになったのは、源頼朝に従っての戦いばかりだったからだ。頼朝の源氏は白旗であり、無紋の白旗を掲げる資格は頼朝にしかなかったから、その配下の武士たちは、白旗に何らかの印をつけて識別する必要があった。〇の中に三浦の「三」を入れたのが、丸に三つ引きであり、それは方便から生まれたものだ。

だが衣笠城で三浦義明が戦ったのは、頼朝の命令を受けたからではない。義明自身の意志で、三浦氏の惣領として戦ったのだ。

黄紫紺の旗は三浦氏が主宰する元服式にも掲げられる。だから三浦義澄を元服親とした義時には、黄紫紺の旗を見る機会があった。

佐原十郎は動揺を鎮めようと、大きく深呼吸した。十郎の吐く息が暗闇に吸い込まれていき、義時の黒い影法師へ発した。

「ならば、我らが榛谷四郎を討ち取っても異存ござるまいな」

返事はない。義時の影法師は沈黙したままだ。佐原十郎は言葉を変えてみた。

「江間殿の証言だけでは不足だ。榛谷四郎がその場にいたと、みなを納得させるにはどうしたらいい」

すると義時の影法師から、刺すほどに冷静な声が返ってきた。

「稲毛入道をうまく使えばいい」

黙り込んだ佐原十郎へ、義時の声が続く。

「馬を一頭、貸してくださらぬか」

どこへ行く、とは佐原十郎も訊かない。

うまく使うのは、稲毛入道だけではなかったようだ。義時は榛谷四郎に持ち掛けるはずだ。四郎が秩父党の惣領になるしかない——と。

そのさい、義時はその理由を、こう説明するのだろう。四郎はあの着到に名がない――と。榛谷四郎が、あの衣笠城攻めの場にいたと見破っていることなど、おくびにも出さずに。

武蔵国に眼を付けた北条時政が、三浦一門をけしかけて、畠山重忠を討たんとしている。だが、それは時政お得意の陰謀ではない。畠山重忠は三浦一門にとって、惣領の仇なのだ。惣領の仇を討つのは関東武士最大の美徳ではないか。誓言の当事者（源頼朝と三浦義澄）が物故したことによって誓言も消えたとする理屈が正しいのかどうかはいざ知らず、鎌倉の武士世論は、これを支持するであろう。

鎌倉の武士世論がそうである以上、北条時政と三浦義村の結託を止めることはできない。つまり畠山重忠の滅亡を止めることはできないのだ。

――となれば、榛谷四郎、貴殿が次の秩父党惣領になるしかないではないか。

この義時の説得を、榛谷四郎は疑うまい。

「惣領になりたくない奴なんていないからな」

暗がりの中で、目の前の牛車の大きな車輪を、コツコツ叩いた佐原十郎のもとへ、馬にまたがった江間義時が戻ってくる。

「供の者をお付けしよう」

呼びかけた佐原十郎へ、義時の声が返ってくる。

「お心遣い痛み入る。だが、お手を煩《わずら》わせるまでもござらぬ」

すると、義時の声が聞こえたかのように、総門のあたりに松明の光が浮かび上がり、闇を滑りながら近づいてきた。

「まいるぞ、金窪」

義時が低く発し、御家人装束でありながら、金窪太郎行親は主人の馬の口を取る要領で義時の乗った馬を引いて、暗闇の向こうに姿を消す。

去り行く松明の光を眼で追い、その余韻に浸っていた佐原十郎のもとへ、突如さっきまでとは違う義時の慌て声が引き返してきた。

「ああ、そうだ。北条殿が戻ってきたなら、急ぎの用で尼御台に呼ばれた、と伝えてくだされ」

びっくりした佐原十郎を煙に巻くように、今度こそ義時主従は三浦邸から去っていった。

六

ほとんど交際のなかった稲毛入道重成が、江間相模守義時を訪ねてきた。

榛谷四郎重朝が、次の秩父党惣領になると、極秘裏に聞かされたからだ。その理由が、例の着到に名がないから――三浦の仇にならないから――と聞かされ、気色ばんでやって来たのだ。

その話の出所は、尼御台政子である。義時は巧みにその話の本当の出所を、政子の陰に隠したわけだが、鎌倉の権力者となった北条時政が、政子にだけは遠慮があった点も利用していた。

次の秩父党惣領の件に、江間義時が噛んでるのを知られない方が、都合が良かった。榛谷重朝を次の秩父党惣領とする件は、いかにも尼御台政子が考えそうなことだ。もし江間義時が相手と知られれば、稲毛入道を推している北条時政は、平然と義時に圧力をかけてくるだろうが、政子相手には正面切って反対しにくかった。

だから稲毛入道も、北条時政ではなく、江間義時のもとへやって来たのだ。秩父党の稲毛入道では、三浦一門と話せなかった。だが義時ならば、容易に三浦一門と話を通ずることができる。稲毛入道の親分である北条時政でも、三浦一門と連絡を付けるのに、義時を通したのだ。しかも稲毛入道を推しているのが北条時政であると尼御台政子は知っており、その政子を懐柔《かいじゅう》するためにも、政子との関係が時政よりもはるかに良い義時を無視するわけにはいかなかった。

来訪を意外そうな顔で迎えた義時へ、稲毛入道が懸命に訴える。

「尼御台は次の秩父党惣領に榛谷四郎をとお考えのよし。いけませぬ」

「なぜだ」

とぼけた顔で義時は尋ねる。

「榛谷四郎が例の着到に名がないこと——つまり、榛谷四郎が三浦の仇とならないことを理由とされているからです」

「なれど、それは弓矢の道理にかなっているのではないか」

なおも餌《えさ》を垂らしてみると、簡単に稲毛入道は食いついてきた。

「榛谷四郎は確かに例の着到に名がありません。なれど榛谷四郎は、あの場に——衣笠城攻めの場に、いたのです」

「なんと」

驚いた顔をしてみせただけで、稲毛入道は思う壺にはまって、義時が訊き出したいことをみずから喋《しゃべ》りたてようとする。

「そのおりの榛谷四郎の馬の毛色、鎧の縅毛《おどしげ》など、しかと申し立てできます」

「ならば、着到に名を記さなかった理由は何だ。また、貴殿ら秩父党の面々が、今まで黙っていた理由は何なのか」

義時に問われ、稲毛入道が少し口ごもる。

「着到に名を記さなかった理由は分かり申さぬ。弟であっても、それは訊けませぬ。ただし、なぜ今まで我ら秩父党が黙っていたのかの理由は申せます」

榛谷重朝個人のためではなく、秩父党全体のためである。頼朝の股肱《ここう》である三浦一門の仇となってしまった秩父党だが、御家人として鎌倉で生きていくためには、誰かを頼朝の側近に送り込まなければならない。だから着到に名がないのを幸いに、榛谷四郎のことを、口裏を合わせるように、秩父党の面々は黙っていたのだ。

義時は何食わぬ顔で、稲毛入道から衣笠城攻めの日の榛谷四郎の馬の毛色、鎧の縅毛を聞き取ると、自分とは関わりのない伝言を取り継ぐように告げた。

「稲毛入道の申し状、しかと三浦一門に伝え置く。ついでに当日の、榛谷四郎の矢羽根も聞いておこう」

義時は事務的に付け加えただけだったが、思わぬオマケまで付いてきた。「あっ」

と漏らしたきり、稲毛入道が黙り込んだのである。しばらくしてから小さな声で答えた。

「あの日、榛谷四郎は矢を負っておりませなんだ」

「なんだって？」

「着到に名を記さなかった理由は、それかもしれませぬ」

榛谷重朝は知られた弓の名人だ。なぜ矢を負っていなかったのかまでは分からぬが、いくさ場に臨んで矢を放てぬでは、着到に名を載せるのは恥だと考えたのかもしれない。

義時は我慢できずに、ちょっと笑った。だが間延びした風情の義時は、見るからに陰謀家の時政と違って、その笑いが狡猾《こうかつ》に見えない。尻尾が見えているのに警戒されない義時は、自分が張本ではないと下手な芝居を打ちながら、稲毛入道をけしかけた。

「稲毛入道の申し状は、おれから三浦一門へ取り継いでおく。尼御台へはおれから何か言うより、三浦一門の方から、いま貴殿が披露した事実を言上した方がいいと思う。まぁ、北条殿と尼御台のどちらの御意向が反映されるか、おれには分からんが、貴殿の頑張りがなくては、北条殿も貴殿を次の秩父党惣領には推せまい」

「お任せくださ い」

意気込んで請け合った稲毛入道は、鎌倉にある秩父党の屋敷を厳しく警固しだして、畠山重忠の子、六郎重保《しげやす》を招く。稲毛入道は六郎重保に言い送っていた。

――三浦一門と秩父党との間に諍《いさか》いの兆候あり。ご存知の通り、貴殿の父君（畠山重忠）は、三浦一門前々惣領の仇。どうやら誓言の当事者の物故を待って動き出した様子。鎌倉が不穏なので、わたしが警固を厳しくしたが、どうもわたしの手には負えそうにない。父君が乗り出さずには済みそうにないが、その前に鎌倉の情勢を探る必要があろう。まず貴殿が連絡役として鎌倉入りしたらどうか。

その言葉に何ら不審な点はなかったが、それでも六郎重保は稲毛入道を疑った。自身の鎌倉入りに先立って、畠山重忠の鎌倉入りを要請してきた稲毛入道重成に裏がないかを問い合わせる。榛谷重朝に対して。

こうして鎌倉入りした六郎重保の利用価値は、畠山重忠をおびき寄せることにしかない。

急いだ方がいい――と、義時は考えた。このたびのことは危うい均衡の上に成り立っている。敵対する者同士が、互いに相手は秘密を知らないと思い込んでいた。このような場合、時間がたてばたつほど露見の危険は大きくなる。

尼御台の陰に隠れた義時は、黒幕というにはいささか貫禄が足りなかったが、全てを操っていると信じ込んでいる北条時政は、じつは江間義時に操られていた。

北条時政は老齢のせいか、あるいは政範を失ったせいか、ひどく気が短くなっており、火の出る勢いで、江間義時へ畠山討伐を迫った。時政だけではなく、牧ノ方まで表舞台に飛び出してくる。内心ほくそ笑んだ義時が渋れば渋るほど、時政夫妻の火急さは増してきた。

鎌倉に入った六郎重保が、武蔵国の本領（男衾郡菅生《おぶすまぐんすがお》）にいた畠山重忠へ、鎌倉入りを要請したのは、元久《げんきゅう》二年六月十九日のことである。

これで用済みとなった六郎重保は、二十二日の早暁《そうぎょう》に、三浦一門の手で殺された。重保が殺されたあとも、彼が生きているかのように装って、畠山重忠への連絡を続けたのは、榛谷重朝だった。

畠山重忠が謀叛の軍勢を率いて鎌倉に迫っているとして、その討伐を北条時政が江間義時へ命じたのは同日のことである。また江間義時が渋ってみせると、怒った時政は、「今すぐ兵を率いて出陣せよ」と命じ、これに乗っかるように牧ノ方も、義時の優柔不断をなじった。

時政夫妻に無理強いされて、やむなく畠山討伐の軍勢を率いた体《てい》の江間義時は、すでに榛谷重朝を二俣川《ふたまたがわ》周辺の案内役としていた。

二俣川の周辺は榛谷重朝の領地だ。此処は平地に見えながら、あちこちに谷が隠れた、待ち伏せには絶好の地である。

六月二十二日、江間義時に率いられた鎌倉の討伐軍は、二俣川の谷に潜んで、鎌倉に向かう畠山重忠を待ち伏せて討ち取った。

鎌倉で三浦一門との調停を行うつもりだった畠山重忠の供廻りは、僅か百余であっただけでなく、弓の弦は外され、鎧も具足櫃に納められたままだった。

三浦一門との調停を控え、よけいな疑惑を避けるべきだと、畠山重忠は判断したのだろう。戦闘態勢の軍勢を鎌倉に入れれば、相手に付け入る隙を与えてしまい、謀叛の罪に問われかねなかった。だが鎌倉軍の討伐が簡単だったのは、畠山の軍勢が戦闘準備をしていなかったからである。

翌日、鎌倉に帰還した江間義時たちが、一団となって北条時政に畠山重忠の首を献じる。義時以下の御家人衆から表敬されたと思った時政が、お歯黒口で上機嫌に笑い、いくさの首尾を尋ねる。今まで唯々諾々《いいだくだく》と時政に従っていた義時が豹変《ひょうへん》したのはこのときだ。

「北条殿、このたびのいくさによって、畠山の無実が明白となり申した。謀叛を、でっち上げた者がおり申す」

その張本は北条時政だと言わんばかりの舌鋒《ぜっぽう》に、不意を衝かれて時政はたじろいだ。

「畠山の主従が、弓に弦を張らず鎧も具足櫃にしまったままだった」と義時が呼ばわるや、此処に集った御家人衆から、怒りのどよめきが沸いた。

「畠山を姦計《かんけい》に陥れた者を誅すべし」

たちまち三浦一門が討手を飛ばし、稲毛入道重成を、そして榛谷四郎重朝を誅殺する。俄《にわ》かに旗色が悪くなった時政は急ぎ名越邸に戻り、主君に奉じる実朝を抱え込んで配下の御家人たちを召集した。このとき真っ先に名越邸に駆けつけたのは、天野藤内遠景である。

「やめておけ」

その天野藤内遠景を止めたのは、加藤次郎景廉だ。

「もう北条殿は死に体だ。忠義立てをしても、巻き込まれて、わ殿も死に体になるだけだぞ」

だが天野藤内遠景は、その制止を無視した。梶原景時の変に巻き込まれた加藤次郎景廉の忠告など聞いていられるか、と思ったのだろうか。

忠告に耳を貸さず、名越邸に馳せ参じる天野藤内遠景を見送って、加藤次郎景廉は捨て台詞を吐く。

「梶原殿の変のさい、ヘタを打ったおれだから、骨身に沁《し》みているんじゃないか。抜け目なさそうに見えて、とんだ大間抜けだな、天野藤内は」

天野藤内遠景のような御家人たちは、決して少なくなかった。だが、盤石に見えた北条時政の地位は、脆《もろ》くも崩れ去る。

一つには、鎌倉の空気である。京都に比重を置き過ぎていた北条時政よりも、御家人たちの支持は、関東に根を張る江間義時そして尼御台政子にあったようだ。しかも義時の糾弾は讒言《ざんげん》を非難する正義だから、御家人たちも便乗しやすかった。

そしていま一つは、少年将軍実朝の意向だ。十二歳で鎌倉殿となった実朝も、しだいに己れの意志を示し始めていた。

実朝にとって、亡父頼朝は絶対だ。その頼朝の遺志に、時政は背いたのだ。梶原景時の弾劾を止めてまで畠山重忠を守った頼朝に反して、時政は畠山重忠を滅ぼしたのである。

これを見越して江間義時が、名越邸に迎えの使者を送ると、実朝はただちに動座を承知した。実朝が江間義時邸へ動座すると、名越邸に集っていた御家人たちは、その場に取り残され慌てだした。この場にいて北条時政と一蓮托生になるのは御免だとばかりに、実朝のあとを追いかけだした。

「御所、御所」

先を争う武士たちの叫び声で、俄かにあたりが姦《かしま》しくなる。実朝に自分の声を聞かせようと、武士たちは押し合い圧《へ》し合いしながら、「御所、御所」の大合唱を繰り返す。そんな武士たちの中に、天野藤内もいた。藤内も負けじと叫ぶ。

「御所、御所」

こうして北条時政と江間義時の睨み合いは、あっけなく決着がつく。

だがここで義時は追及を緩めない。次なる手を打って、時政夫妻を追いつめてきた。牧ノ方の実朝を冒す陰謀が発覚した、と号したのである。実朝を弑逆《しぎゃく》して、娘婿の平賀朝雅を将軍に奉じる陰謀だと指弾したのだ。

牧ノ方は仰天する。

「そんなバカな」

あまりに荒唐無稽だ。

実朝は替えの利かない掌中の珠ではないか。娘婿の平賀朝雅は確かに大事な手札の一枚であり、源氏の連枝《れんし》には違いないが、頼朝の血を直に受けた実朝に比べれば、比較にもならない端くれである。

牧ノ方は猛烈に義時へ抗議した。

「御所（実朝）の弑逆を企むなど狂気の沙汰です。わたしの気が狂っていないのなら、頭がおかしくなったのは江間殿、あなたの方です。そもそも御所の御意向に沿って、京都から御台をお迎えしたのはわたしなのですよ。そのわたしに向かって、よくもそんな因縁《いんねん》をつけられたものですね」

だが義時は牧ノ方の抗議に聞く耳持たず、一枚の書面を見せてきた。

「証拠です」

確かに牧ノ方の筆跡だ。義時から突き付けられた書面を見て、牧ノ方は「あっ」と声を上げた。

「此処です」と義時は、「御所ヲウシナヒマイラセル」と記された箇所を指で叩く。

その「御所」とは——と言いかけた牧ノ方だったが、あとが続かない。その「御所」が前将軍の頼家のことであり、実朝ではないと知っていながら、義時は詰め寄ってきたのだ。

書面に日付がない以上、その「御所」が実朝ではないと証明できない。

閏七月十九日の夜半、名越邸で北条時政は出家した。閑散としてしまった名越邸で、時政はひとり舌打ちする。

「相州（江間義時）をあまく見た」

低くつぶやいたつもりが、本人が驚くほどに響いたのは、火が消えたような名越邸のせいか。

時政は立烏帽子を取り、指貫《さしぬき》などの公家装束を脱ぎ捨てる。顔に塗りたくっていた白粉と、歯を黒く染めていた鉄漿をきれいさっぱり落とした。

受戒《じゅかい》の師は願成就院から呼んであるが、いまだ到着していない。代わりに牧ノ方が飛び込んできた。おびえ切った牧ノ方をなだめるように時政は発する。

「安堵せい、相州はそなたに御所への害意がなかったことくらい知っておる。だからそなたを誅せんとする気もない」

北条時政の隠居する伊豆へ同行するか、京都にある牧家に帰るか、どちらでも好きな方を選べ、というわけだ。

「ただし、鎌倉にはおれん」

苦虫を潰したように、時政が付け加える。剃髪《ていはつ》のための道具が、次々と運び込まれてきた。毛髪を剃る剃刀《かみそり》を手に、目の前に立てた鏡を覗き込めば、そこに戦いに敗れた男の、老いた顔が映っていた。

「相州は幼少のころから、薄ぼんやりに見えた。だが生まれ持った運は、わしより相州の方が上だったようだ」

鏡を覗き込みながら、時政は毛髪を剃っていく。身を飾り立てた公家装束から遠ざかっていく寂しさが胸を満たしたが、呪縛から解放されたような爽快感もあった。どちらが本当の気分なのか、時政には分からない。

その場にへたり込んでいる牧ノ方を、ちらと見やった。

――項羽《こうう》だって、虞《ぐ》を守れなかったのだからな。項羽の十分の一の器量もないわしじゃ、どうにもならん。

胸の内で独言した時政が、牧ノ方を励ますように声を上げたが、やがてその口調は慨嘆《がいたん》に変わっていく。

「わしと奥《おく》の命は無事だ。だが武蔵守《むさしのかみ》（平賀朝雅）はそうはいかんだろうな。このたびの陰謀騒ぎを相州が仕組んだのは、我らにだめを押すばかりでなく、武蔵守から武蔵の国司の座を奪い取るためでもあったはずだ。武蔵国が欲しいのは、よく考えれば、わしだけではなかった。相州とてわしと同じじゃないか。しかもわしは律儀に稲毛入道に分け前を与えるつもりだったのに、相州ときたら、その分まで榛谷四郎を騙して己れのものにしやがったからな。わしは世間から腹黒タヌキと呼ばれているらしいが、相州に比べればわしの方がよほどまっとうだよ」

その江間相模守義時のもとへ、佐原十郎義連が訪ねてきた。

「ああ、これは、これは」

義時が下へも置かず佐原十郎を出迎える。だが佐原十郎は、その手に乗らなかった。

「江間殿、本日はお別れに参りました」

「お別れ？」

意外そうな声を上げて、なおも義時は佐原十郎を差し招こうとする。

「何を申される、佐原殿。今後も三浦の御一門とは、末永く懇意にさせていただきたいと思っておりますのに」

「いやいや、それがしなど、三浦一門でも端くれにござる」

作り笑いを浮かべた佐原十郎が、きっぱりと告げた。

「かつて奥州征伐のおり、右幕下より会津《あいづ》の地を賜っておりましたが、我らには過分な恩賞地であるうえに、鎌倉におったまま領地に下らずでは、なかなか支配が難しいようです。以前から会津に下るおりを探しておりましたので、せがれを連れて会津に引き移る所存にござる」

一族郎等総出で会津に下るということは、分け前を義時に要求する権利を放棄する、という意味だ。

警戒されている――と義時にも分かった。口調をあらためて佐原十郎に尋ねてみる。

「榛谷四郎への討手は、佐原殿が務められたはず。四郎の最期をお聞かせ願えますか」

佐原十郎は答えなかった。彼が思い出したのは、まだ頼朝が生きていたころに催された、巻狩の光景だった。

十一人の警固衆には、格別の恩典として、弓を持つことが許されていた。いずれ劣らぬ武芸者揃いの面々が、先を争いながら馬に鞭打って狩場に飛び出していく。

義時は他の面々から、まったく出遅れてしまった。そんな義時を気遣ったのか、榛谷四郎が自分の獲ったキジを、義時に投げてよこした。その獲物を頼朝に献上して、面目を守れ――ということだ。

その獲物を押し戴いたときの義時の表情を、佐原十郎はいまも憶えている。

「榛谷四郎は死にました。その首は江間殿もご覧になったはず」

榛谷重朝の二の舞は演じたくない、と佐原十郎は言いたかったのか。

義時は時政の跡を継ぐさい、苗字を江間から北条にあらためた。鎌倉の権力者に成り上がった時政の「北条」は、すでに京都でも認知されており、そちらの方が、通りが良かったからだ。

北条義時の誕生である。

第三章　暁に沈む

一

建永《けんえい》元年六月十六日、善哉《ぜんざい》（のちの公暁《くぎょう》）の着袴《ちゃっこ》の儀《ぎ》が、尼御台政子邸において行われる。

静まり返った一座で、首座にある実朝が立ち上がった。

「善哉」

呼んだのは尼御台政子である。うなだれた善哉が、おずおずと進み出てくる。その袴の緒を、実朝が結んだ。

黙りこくった北条義時とその子息たちの眼が、ちらと目の前に据えられた箱膳に向けられる。山海の珍味が並べられていたが、とても箸をつけられる雰囲気ではない。

義時が盗み見たのは、座の正面にある尼御台政子だ。この着袴の儀を執り行い、実朝に善哉の袴の緒を結ばせたのも政子である。

身じろぎもせずに実朝と善哉を見つめている政子をうかがい、義時は聞こえぬように溜息をついた。

政子は知っているのだ。頼家がどんな死に方をしたのか。義時は金窪行親《かなくぼゆきちか》から聞いた一部始終を決して政子には話さなかったが、いつの間にか政子にも伝わってしまったのだろう。

善哉は頼家の遺児である。政子は忘れ形見の善哉を通して、非業に死なせてしまった頼家の罪滅ぼしをしたいのか。

その場にいたたまれぬ気分だったが、政子の気持ちを考えれば、義時も行儀よく座り続けるしかない。隣に座る金剛（泰時）と眼が合った。いつもは分別臭い金剛も、神妙な顔で控えている。

ようやく解放されて縮こまった手足を伸ばした義時の背後から、金剛が話しかけてきた。

「どうも尼御台は禍根《かこん》を遠ざけるという右幕下の仕置《しおき》が、分かっておられぬようですな」

もう元の分別臭さを取り戻した声だった。

「右幕下亡きいま、善哉殿のことで口出しできるのは尼御台だけじゃ」

「それはそうですが、君子危うきに近寄らず、と申します」

金剛の分別臭い声を聞いて、義時は顔をしかめた。

「金剛、人の心は理屈通りに動かぬわ」

たしなめた義時のもとへ、金窪行親が伺候してきた。いつもと同じ顔つき眼つきだったが、決して着袴の儀が行われた正殿の方へ、眼を向けようとはしなかった。

「弟たちを呼んでまいれ」

振り返って金剛に命じ、金窪行親を連れて出ようとしたときである。尼御台邸の総門に、数人の武士たちが姿を現した。

和田義盛《わだよしもり》とその一門の者たちである。義時主従の行く手を通せんぼするように塞いだ。

「おう、これは相州殿」

作り笑いを浮かべて一礼した一門惣領《そうりょう》の和田義盛の背後から、憎悪のどよめきが沸く。

「おや、相州殿は、イヌを一匹、連れておるぞ」

刺すような声の主は、一門の和田胤長《たねなが》か。義時の背後に従う金窪行親に向けられたのは明らかだ。

「相州殿、お気を付けあれ。そのイヌは主君を食らいますぞ。金吾（頼家）様を手にかけたように」

胤長が言い放つや、義盛の背後に従う一門衆が、どっと笑う。北条義時が背後の金窪行親をうかがったところ、挑発に乗った様子もなく淡々としている。

「やめんか」

和田義盛がたしなめると、ようやく背後の一門衆は静まったが、北条義時は気付いていた。

――おまえも同じことを言いたかったんだろ、和田義盛。だから胤長が言いたいことを言い終わるまで止めなかったんだ。

金剛が弟たちを連れて戻ってくる。その場の雰囲気から何があったのか察したようだが、落ち着き払って和田義盛の前まで進み出て挨拶する。

「和田殿ならびに御一門の衆。本日は善哉殿の着袴の儀なれば、我ら尼御台より陪膳《ばいぜん》の役を賜り、無事務め終えて退出するところにございます。そこに御一門の衆がおられては退出ができませぬ」

和田義盛の背後から舌打ちが聞こえる。だが義盛はかぶりを振って、これを制した。和田の一門衆が不承不承に通り道を開けると、金剛を先頭に、義時とその子息たち、それに金窪行親が行き過ぎる。

「イヌ！」

和田胤長の声だ。金窪行親を振り返らせようと発したのだ。だが金窪行親は決して和田胤長と眼を合わせようとはしない。聞こえないふりで行き過ぎる金窪行親の背中へ、また舌打ちが浴びせられた。

二

北条義時が金窪行親に言った。

「金窪を兵衛尉《ひょうえのじょう》にしてやろう。官位を持てば、鎌倉府の役にも就けるし、御家人たちの侮りを受けることもなくなる」

「お気持ちは嬉しいのですが」

傍目には行親の表情は変わったようには見えない。その瞳はまるで玻璃《はり》だ。少しも動かず、不気味な静けさを湛《たた》えたままだった。だが義時には分かるのだ。童子だった彼を差別せぬ義時に感謝していることに。

「なれど、任官には御所のお許しが要るはず」

亡き頼朝にも増して、今の実朝は由緒にうるさい。これを聞いた義時が、自信満々に請け合ってみせた。

「案じるな、大官令《だいかんれい》がおれの味方なのだ」

大官令とは、今も頼朝の時代と変わらず、鎌倉府の政務外交で責任ある地位を保っている、大江広元を指す。

大江広元と北条義時との関係は、北条時政が追放されて、義時がその地位を継いで以降、さらに深まっていた。それ以前から、義時は広元の手腕には感心している。

頼家が伊豆に幽閉されて、その弟である実朝が鎌倉殿となったとき、まず広元は朝廷に征夷大将軍《せいいたいしょうぐん》を申請した。征夷大将軍には頼朝も頼家も任官したが、鎌倉殿の地位を決定づける官職ではない。その理由を問うた義時に、あっさりと広元は答えた。

「わかりやすいからです」

そんな広元は今でも対朝廷の重要な地位を占めており、任官の申請は広元によって行われる。実朝の許可を得るため、申請者一覧を実朝に見せなければならないが、実朝の許可が下りた申請者一覧は広元に戻され、その手から京都朝廷に送られる。義時ならば京都朝廷に提出される申請者一覧に一人追加してくれるよう、広元に依頼することもできるのだ。

実朝が賜るような高位高官ならば、後鳥羽上皇の親裁を経なければならず、とてもごまかしは利かないが、兵衛尉くらいになると、朝廷の審査もないに等しく、鎌倉の申請はそのまま受理されてしまう。

何の問題もなく金窪行親は兵衛尉に任官されるはずだったが、どうやら北条義時と大江広元は実朝を甘く見ていたようだ。

義時の実朝との関係は、頼家と違って気安い。雑談ができる仲だ。その日もよもやま話に時を過ごしていたが、油断しきった義時に、実朝は不意打ちを食わせてきた。

「ときに相州、金窪太郎行親とは何者だ？」

息が止まるほど、義時は驚いた。おそるおそる実朝の顔を探り見た義時は、悟らざるを得ない。金窪行親を兵衛尉にするために、義時と広元がいかなる手を使ったのか、実朝が知っていることを。

ここは謝ってしまった方がいい、と判断した義時は素早く頭を下げる。

「申し訳ございませぬ」

実朝の表情をうかがいながら続ける。

「金窪の兵衛尉は取り消しまする」

「いや、それはならん」

実朝はあくまで冷静だ。

「ここで申請を取り消してみよ。厳格たるべき鎌倉の申請が、いかにいい加減であるかを天下に知られ、その申請を受理した京都をも辱《はずかし》めてしまう。鎌倉の主として、さようなことは認められんな」

蹌踉《そうろう》と義時は広元に知らせ、実朝の前に伺候した二人は、平身低頭して詫びた。

実朝がこの件を蒸し返すことはなかった。金窪行親の兵衛尉もそのままだ。だが二人の実朝を見る眼が変わったのは事実だった。

三

もともと和田義盛は三浦一門だった。大介義明《だいすけよしあき》の長子である義宗《よしむね》の嫡男である。義宗が若くして戦死したため、三浦一門惣領の地位は大介義明の次男（義澄《よしずみ》）の系統に移り、その没後は義澄の嫡男である義村《よしむら》が継いだ。

三浦と和田が同格であると定めたのは大介義明であり、その裁定を頼朝も重んじたが、どちらかといえば和田義盛の方が優遇された。やはり長子の系統だったからであろうか。

頼朝の没後に起きた梶原景時《かじわらかげとき》の変で、その滅亡によって侍所《さむらいどころ》の別当となったのは、和田義盛である。

侍所の別当には、逮捕権があった。その逮捕権が及ばないのは、任命権者である実朝ひとりだけであり、北条義時といえども逮捕される危険と隣り合わせだった。

そんな北条義時が注目したのは、和田一門の胤長だった。兵衛尉に任官して動きやすくなった金窪行親に、和田胤長から眼を離すなと命じる。

和田胤長はもともと源頼家の側近だった。当時の北条時政も和田義盛には遠慮があり、胤長の件は不問に付したが、泳がせておけば必ず胤長は頼家との旧縁を利用してくると、義時は睨んでいた。

北条義時が金窪行親に命じて和田胤長の動きを見張っていたころ、源頼家にちなんだ出来事がいま一つあった。頼家の遺児であり、政子が実朝の猶子とした善哉が、出家して上洛の途に付いたのである。

上洛した善哉は、三井寺で修行するという。

和田胤長の動向を監視する義時が、この出来事に注意を払うゆとりはなかったが、代わりに息子の金剛が意見してきた。

「善哉殿の御上洛は、もっけの幸い。二度と鎌倉に戻してはいけません」

そう言われても、善哉の身の振り方を決めるのは、尼御台政子である。頼家がらみの出来事は、政子に面と向かって話しにくい雰囲気ができてしまい、義時は渋い顔で金剛にかぶりを振らざるを得ない。

「とてもそんなことは尼御台に言えんな」

義時が早々に金剛の意見を却下したのは、和田胤長の件で手いっぱいだったせいもある。胤長は義時の睨んだ通り、信濃方面で頼家の遺児（善哉とは別人）に接触を図っていたのだ。

どうやら胤長は、反義時派の多い信濃方面を中心に、各国で反乱の同志を募っているらしい。反義時を勧めて廻国《かいこく》する使者を割り出し、金窪行親がその逮捕に成功すると、義時は逮捕された使者を証拠として、ただちにその陰謀の糾弾に乗り出した。

鬼の首を取ったように、実朝に報告した。

「この義時への陰謀は、御所への謀叛にござる」

ところが実朝の反応は、義時が期待していたのとは違った。

「相州の言い分だけで、和田一門の謀叛と決めることはできぬ。まずは和田一門の言い分も聞いてみなければ。それには和田一門の惣領たる義盛を鎌倉に召喚する必要がある。もし義盛が召喚に応じなければ、そのときこそ和田一門の謀叛と定まる」

当時、和田義盛は上総《かずさ》国の本領にいたが、実朝の召喚令が下されると、ただちに和田一門を率いて実朝の御所へ出頭してきた。

実朝は義盛の出頭を大変に喜び、胤長に与《くみ》した疑いのある和田一門の者を、赦免《しゃめん》してしまった。さすがに証拠が揃い過ぎている和田胤長の赦免は見送ったものの、他の面々については、そうとうに疑わしい者まで含めて、残らず不問に付してしまったのである。

その実朝の処置に直面した義時の胸に兆す。

――どうやら御所は和田を滅ぼしたくないようだ。

鎌倉府の均衡を保つためには、北条は強大になり過ぎた、と実朝は考えているのかもしれない。

だが義時は和田義盛とその一門を、そのままおくわけにはいかなかった。侍所の別当として逮捕権を持つ和田義盛をそのまま見過ごせば、いつ義時と北条氏に対して兵革を起こしてくるかもわからない。

そこで義時は罪状がはっきりしている和田胤長に焦点を絞った。必ず和田義盛は胤長の赦免を求めてくると踏んだからだ。もし義盛に今一歩の慎重さがあり、胤長赦免まで踏み込んでこなければ、義時の策は空振りしていただろう。だが一門衆から煽《あお》られたのか、義盛自身が調子に乗ったのかは分からぬが、胤長赦免にまで踏み込んで、墓穴を掘ってしまった。

　和田胤長の赦免要求が通らなかったばかりでなく、胤長の身柄は、かつて面罵《めんば》した金窪行親の手で縄打たれてしまい、その結果、和田義盛はまったく面目を失うに至る。狙い通りに和田義盛を操った北条義時は、その件を大江広元に報告し、その称賛を得て大いに気を良くした。

「尼御台の庇護を受けて育った相州殿は、いささか頼りなく見えたのに、今では鎌倉を代表する御家人になられた」

　大江広元から褒められた義時は、酒盃片手に得意満面で告げる。

「追いつめられた義盛の和田一門に残された手は、おれの首を狙った兵革だけです。だが、どうして、どうして。おれは和田一門に兵革を起こさせたいのです。和田一門の兵革を恐れていたはずのおれがどうして兵革を起こさせたいのか？　理由は簡単です。いつ、どんな手段で、和田一門が兵革を起こしてくるのか、今ならお見通しだからです。鍵は横山党です。以前に義盛は横山党を鎌倉に呼び寄せていましたが、御所の不興を買って、武蔵国の本領に返されてしまい申した。義盛は必ず横山党を呼び寄せるはずです。横山党の到着を待って、兵革を起こす。なぜなら、横山党の兵力がなければ、兵革を起こせぬからです。いま鎌倉にいる和田一門の兵力では、我ら北条一門の兵力にまったく敵い申さぬ。だから腰越《こしごえ》を見張らせて、横山党が姿を現したなら、おれに知らせる手はずが整っています。いや、それだけではない。万一に備え、朝比《あさひ》奈口《なぐち》も見張らせています。朝比奈の方面には、和田一門ゆかりの所領がある。そっちから敵兵が回ってくるかもしれませぬからな。いずれにせよ、網は完璧に張られ申した。あとは義盛とその与力を一網打尽にするだけです」

「相州殿の人を見る眼は確かです。かつて畠山《はたけやま》（重忠《しげただ》）の人物の浅さを見抜いた眼力に感心した記憶があります。和田（義盛）の動きも、相州殿ならば容易に見抜けましょう」

「お任せあれ」

義時は、ますます得意満面である。

和田義盛の人物ならば、治承の旗揚げ以来、三十年余りも見てきている。寿永の源平合戦でも、ともに源範頼の配下として、九州にまで下った。

あのおり、威勢よく関東を出陣した和田義盛は、西国で兵站《へいたん》が切れてしまうと、指導的立場にあったにもかかわらず、真っ先に「関東に帰りたい」と言いだして、現地の源範頼はおろか、鎌倉で戦況を見守る源頼朝まで困らせたものである。

そんな和田義盛に対する北条義時の評価は、「力ばっかり強くて頭はカラッポ」だ。

だが義時は、その義盛に出し抜かれてしまう。

建暦《けんりやく》三年五月二日、和田義盛とその一門は、抜き打ちに鎌倉で挙兵した。そのとき、北条義時は己れの屋敷で、招いた僧侶を客として碁《ご》を打っていた。客人の手前、平気なふりをしていたが、白石と黒石を間違える慌てぶりだった。

「いささか外が騒がしくなってきましたな」

白石と黒石を間違えたくせに、見栄を張って義時は平気なふりをする。

「この続きは、またの機会に」

とうとう義時は我慢できずに、碁石を投げ出した。

「金窪！」と、しゃがれ声で、金窪兵衛尉行親を呼ぶ。飛んできた金窪行親へ質《ただ》す。

「腰越から注進は！」

「先ほど、参りました。依然、横山党の姿は見えませぬ」

これを聞いて、義時は完全に裏をかかれたと知った。横山党の合流を待たずに、不意を衝いて義盛は挙兵したのだ。

――くそ！　義盛め。

呪ってみても、もう遅い。

和田義盛の屋敷は、すぐそこなのである。耳をすませば――いや、すまさなくとも、和田一門の恐ろしい喊声《かんせい》が、聞こえてきていた。

「横山党が来るのは、明日じゃなかったのか」

癇癪《かんしゃく》まじりに金窪行親へ八つ当たりする。いつ何時も表情を変えぬ金窪行親も、蒼ざめていた。

「横山党の合流は明日でございます。なれど、それを知られているのを逆手にとって、和田は挙兵してまいったようです」

「くそ、義盛め！」

いま一度、義時は声に出して呪ったが、先手を取られてしまったことに変わりはない。

「まいるぞ！」

金窪行親に叫ぶ。ただちに金窪行親は、北条義時の甲冑を運んできた。

「バカ、そうじゃない！」

義時はまた金切り声を上げた。

「水干《すいかん》装束《しょうぞく》だ！」

「え？」

金窪行親が、眼を白黒とさせる。

「御所のもとへ参上するんじゃないか。ちゃんとした正装で参上しないと、また御所のお叱りを受けてしまうわ」

だが義時には、水干装束を身に着けている時間もなかった。和田一門が義時邸の総門を破って押し寄せてきたのである。

「相州、尋常に勝負せよ」

和田の一門衆が、口々に叫ぶ。どの声も殺気に満ちていた。

「うわぁ」と叫んで、義時は駆け出す。幸い、実朝の御所は、目と鼻の先だ。

「金窪、続け！」

言葉だけ聞いていると、戦いに向かうようだが、義時は一目散に実朝の御所へ向かって、逃げ出したのである。あとに金窪行親が続いた。

政所《まんどころ》の脇を駆けながら立烏帽子を金窪から受け取って頭にいただき、筋替橋《すじかえばし》を渡りながら、水干を後ろ前にならぬように身に着ける。指貫袴《さしぬきばかま》は走りにくいことこの上なく、左右の膨らみが両脚の動きを阻害したが、それでも義時は大倉御所の南門にたどり着く。

「敵に後ろを見せるか」

背後から和田の一門衆の怒声が追いかけてくる。

「待て、止まれ、卑怯者」

和田の一門衆の怒声をゼイゼイしながら聞いて、義時はうそぶいた。

「待ってたまるかよ」

和田一門は惣領の義盛に似て、みなバカ力なのだ。

騒乱は大倉御所にも聞こえていて、実朝みずから義時を迎えた。

「この鎌倉は右幕下の魂が宿る地である。その冒すべからざる墳墓の地を、干戈《かんか》によって踏みにじるとは」

実朝は激怒していた。

「右幕下の秩序を破った和田は謀叛人じゃ！」

その一言を義時は待っていたのだ。だから和田一門に首を取られる前に、実朝のもとへ駆け込んできたのである。

「仰せの通りにございます」

脱げかけた立烏帽子を直しながら、義時は畏《かしこ》まる。後ろ前を気にするあまり、左右が互い違いになったことに気付かぬ水干姿で、義時は断固として言った。

「和田一門の謀叛にございます」

義盛と和田一門は、まさか北条義時が、戦う前から、いきなり背中を向けて実朝の御所に逃げるとは思っていなかったようだ。

「尋常に勝負せよ、武者の風上にも置けない奴め」

大倉御所の閉じられた南門の向こうから、和田一門の吠える声が聞こえる。

「だぁれが、あんなバケモノみたいな奴らと勝負なんかするかよ」

せせら笑った義時は、実朝の御所に逃げ込めば安全と考えていたが、駆けつけてきた北条金剛が、せがれのくせに父親に向かって説教する。

「ちゃんと北条与党の武者たちを率いて、御所に参上せねばだめじゃないですか。父上が身一つで逃げてしまわれたので、やむなくわたしが与党の兵を率いて参上つかまつった」

小癪《こしゃく》な、と義時は金剛へしかめっ面を向けたものの、やむなく「苦労であった」と金剛をねぎらう。だが金剛は会釈一つ返さずに、しれっと言った。

「あっ、それから南門の向こうの和田勢ですが、どうやら御所の南門を破るつもりのようです」

「なんだって！」

虚仮《こけ》を抜かすな、と金剛を叱りつけようとした声が、義時の喉の奥へ引っ込む。内《だい》裏《り》に擬した蛙股《かえるまた》の壮麗な南門が、ギシギシ揺れているではないか。

傍らから金剛が、他人事のように解説する声が聞こえてくる。

「これではすぐに敵に破られてしまいます。守りの工夫が足りぬようですな。わたしならば、敵が攻め入ってくる門内に、股肱の者の屋敷を組み込みます。さすれば門は二重三重となり、簡単には敵勢の侵入を許しませぬ」

南門では金剛が率いてきた与力の兵と御所の衛士が、挟み板を切って門外の敵勢に矢を射かけていたが、とうとう寄せ手の圧力に負けて、和田勢が破った南門からなだれ込んできた。

「ほら、言わんこっちゃない」

相変わらずの金剛に、むかっ腹が立った義時が言い返す。

「御説ごもっともだが、その高邁なる工夫を試す前に、やることがありそうだぞ」

「承知しています。わたしは父上と違って、ちゃんと甲冑をまとっていますからな」

ようやく義時は金剛が甲冑姿なのに気付いた。その金剛が恩着せがましく言う。

「父上は御所の御供をしてお退きあれ。わたしが防ぎ矢つかまつる」

此処にいてもいくさの役に立たないから、と言われたようで引っ掛かったが、その場を金剛に任せ、義時は実朝を先導して、北門から頼朝法華堂《ほっけどう》へ避難しようとする。

不意に北門を塞いで、軍勢が現れた。黄紫紺の旗を見て、義時は冷やりとする。

三浦勢だ。惣領の義村に率いられた三浦勢が、北門で待ち伏せていたのだ。

「何奴！」

実朝が怒鳴った瞬間、黄紫紺の旗の下にいた三浦義村の表情が変わった。

ああ、まずい——と心の中で叫んだのが、此処まで聞こえてきたようだった。

「御所、お迎えに参りました」

黄紫紺の旗を引っ込めて丸に三つ引きの旗を掲げ直す勢いで、三浦義村は実朝の前にひざまずく。

「邪魔だ。兵どもをどけよ」

実朝から命じられて、即座に義村は、一門の武者たちを下がらせる。いつの間にやら先頭に立った実朝が、折り敷く三浦勢の真中を押し通り、実朝が先頭に出てきたのを幸いにその背中に隠れた義時が何食わぬ顔で続く。

首を垂れた三浦義村を凝視した北条義時は、義村が実朝方に付くと決めたのは、いま実朝の顔つきを目の当たりにした瞬間であったと悟る。

あぶなかった——と、義時は肝を冷やす。

三浦と和田は、もともと同門だったのだから、三浦義村と和田義盛が同盟しても不思議はない。三浦義村と和田義盛が起請文《きしょうもん》を交わしたとの情報もあった。

だが同じ一門だったからこそ、互いに含むところがあるのだ。

――あのイタチみたいに抜け目ない三浦義村が、まともに和田義盛に味方するはずがない。

佐原十郎義連《さはらじゅうろうよしつら》が会津に去って以来、三浦一門との連絡役がいなくなってしまい、情報が入りにくくなってしまったせいもあって、三浦義村の動きが見えにくくなっていたようだ。

三浦一門が味方と決まるや、また義時が実朝の先導役の位置に、ちゃっかり舞い戻っていた。先ほど実朝の背中に隠れたことなど忘れたような顔で、義時は実朝を法華堂へと導く。

法華堂で一行を迎えた者があった。大江広元である。さすがの義時も、びっくりして小声で広元にささやく。

「素早いですな」

「ええ、逃げ足は速いですから」

和田義盛の蜂起を知るや、屋敷で酒宴中だった大江広元は、自分の屋敷にも和田勢が襲撃してくると察して、いち早く法華堂に避難してきたという。

「此処に御所がおわすかぎり安泰です」

義時が広元へささやく。法華堂は義村と三浦勢によって厳重に警固されていた。三浦勢が守っているのは源実朝だったが、北条義時と大江広元もその警固網の内にいた。たとえ和田方が法華堂まで攻め寄せることができても、実朝に対して義時や広元の引き渡しを要求しなければならない。

決して実朝は、和田方の要求には応じまい。実朝は激怒しているのだ。和田方が勝手に鎌倉で挙兵したことを。

「これは謀叛だ」

実朝が何度も叫ぶたびに、義時は心中でうなずき返す。

――そうです、和田勢の謀叛です。

和田義盛は北条義時の首さえ取ってしまえば、なんとかなると判断したのだろう。義時の不意を衝いて挙兵したまではよかったが、義時が戦いもせずに実朝の御所へ逃げてしまったため、計算が狂ってしまった。

法華堂の義時が胸を撫でおろしているころ、大倉御所とその周辺では、死闘が繰り広げられていた。義時の首を取り損ねて大倉御所に突入せざるを得なくなった和田勢が、毒を食らわば皿までもの勢いで、暴れ回っていたのである。

北条金剛（泰時）は、父の義時よりもいくさがうまかったが、相手は死兵と化した和田一門の武者たちである。

厳粛であるべき大倉御所の南庭は和田勢の軍靴《ぐんか》に踏み荒らされ、放火された御殿のあちこちから炎が上がっていた。

入り乱れて戦ううちに、金剛は護衛の郎等からもはぐれ、たった一人で南庭の隅に軍馬を寄せていた。呼吸を整えている金剛に、大きな影が迫ってくる。

「金剛殿、見つけたぞ」

聞こえたときには、もうその大きな影は、手を伸ばせば届く距離にいた。

――朝比奈三郎《あさひなさぶろう》だ。

声の主に気付いた金剛が、舌打ちまじりに心中でつぶやく。逃げても間に合わないと感じて、わざと相手を引き付ける。朝比奈三郎が軍馬を寄せてきて、金剛を馬の鞍から引きずり降ろそうと、両手を広げてきたとき、いきなり脇差《わきざし》を鞘《さや》ごと抜き相手の冑《かぶと》の鉢をしたたかに打った。

してやったり――手応え十分だった。脇差を鞘ごと抜く動作は、いかに朝比奈三郎でも予測できまい。脇差から刃を抜く当たり前の動作とは軌道が全然違う。思わぬ出所の不意打ち攻撃だ。

しかも金剛の脇差の鞘は、重い鋼鉄でできている。あらかじめ準備した特別製であり、普通の木製の鞘と違って、相手の冑の鉢を叩き割る威力だ。

金剛がほくそ笑む。決まったと感じて、相手の朝比奈三郎を見やって、その笑みが凍り付いた。冑の鉢が割れる勢いで打ったのに、朝比奈三郎はけろりとしていたのである。

信じられず、相手の眼を覗き込んだ金剛を、逆に見返す朝比奈三郎のまなこは、二つとも生き生きと精気にあふれていた。

「うわぁ」

父親そっくりの悲鳴を上げて、金剛は逃げ出す。その金剛に朝比奈三郎は、むずと腕を伸ばしてきた。鎧の袖をつかまれる。金剛の身体は馬の鞍で傾きかけたが、構わず馬に鞭打って駆けだした。強い衝撃が走った。なんだかわからずに走り去ってみれば、鎧の袖が引きちぎられていた。丈夫な革で威《おど》された鎧の袖が。ぞっとした金剛だったが、もし馬が弱ければ、地べたに引きずり倒されていたのである。

強い馬を勧めてくれたのは、父の義時だった、いくさ場で悍馬《かんば》は扱いにくくかえって役に立たない、と難癖をつけていた金剛だったが、いま無事なのは父のおかげではないか。

すっかりしおらしくなって、金剛はいくさの経過を法華堂に注進する。

「いったんは和田勢を大倉御所から押し返し申した。なれど和田勢は由比ヶ浜まで退いて戦陣を立て直しておる様子なれば、いまだ予断を許しませぬ」

金剛の態度よりも先に、義時はその鎧の袖がちぎられているのに気付いた。

「おれの鎧を持ってこい」と、金窪行親に命じる。うやうやしく義時の鎧を拝領した金剛は、父上は戦わないのですか、などと皮肉の一つも言わない。

ひどく素直な金剛を見送って義時は首を傾げたが、いまはそれどころではなかった。急ぎ金剛の注進を伝えなければならない。広元と、そして実朝に。

三人は相談して御教書を作成して、御家人たちに下すことにした。だが御教書に使う大高檀紙《おおたかだんし》も印形も、政所に保管してある。政所はこの法華堂のすぐ近くだったが、いくさの余燼《よじん》も冷めやらず、付近にはまだ和田勢が残っている恐れがあった。

実朝が三浦義村を呼ぶ。伺候してきた甲冑姿の義村に命じた。

「大官令を政所まで警固せよ」

義村はただちに三浦勢を手配りし、政所まで往復する広元を護衛した。広元が法華堂まで戻ってきたとき、実朝が義村をねぎらう。

「苦労をかけた」

実朝の声音はいたわりに満ちていたが、その横顔を盗み見た義時は、決して義村に気を許していない実朝の本心を知った。

義村が退いた後、さりげなく水を向けてみる。

「御所、三浦殿の忠節のおかげですな」

「そうかな」

実朝の視線が、まともに義時に向けられた。

「三浦（義村）は何かに似ておる。何だと思う」

「イタチでございますか」

義時が応じたところ、実朝は破顔した。

「さすが相州、よく見ておる」

「イタチは愛玩動物のような姿をしていながら、その気性は獰猛《どうもう》にございます」

「その通り。だが三浦の獰猛さは、イタチとは似て非なるものだ。イタチは己れに十倍する相手にも平気で向かっていくが、三浦は相手と自分の大きさを素早く計ってしまい、もし相手が自分より大きければ、決して牙を剝《む》いたりしない。獲物を襲うさいの豹変ぶり獰猛ぶりはイタチそっくりだが、本性はまるで違うのだ」

「ならば、三浦の本性とはいかに」

「優柔不断――だ」

急所を射抜くように、実朝は言い切った。

その実朝と義時のもとへ、広元が作成した御教書を披露しにやって来る。実朝が披見する前に、義時が声を上げた。

「大官令、だめです。これじゃ」

広元の作成した御教書は、公文書の形式に則った和風漢文なのだ。

「御家人どもは漢字なんか読めません。いまは危急のときじゃありませんか。書式にこだわっている場合ではないと思います」

「なるほど」

頭ごなしに否定されたのに、広元は気を悪くした様子もなくうなずいた。

「相州殿、いかがすればよろしい」

ここで義時は実朝の顔色をうかがいながら提案する。

「この相州の郎等に金窪と申す者がおります。御家人どもに下す御教書を、事前に実検するには適役かと存ずる」

義時も金窪の官職までは口にできず、広元の表情も曖昧《あいまい》になったが、はっきりと実朝はこう言った。

「金窪兵衛尉に任せよう」

その実朝の返答を聞いて勇躍した義時は、金窪行親とともに、御教書の作成に取り掛かった。義時からの下問を受けて、金窪行親が応じる。

「一読しただけで、和田（義盛）が御所に謀叛を起こしたと理解できることが大切です。鎌倉で挙兵したのが和田であると平文で明記すべきかと。文意がつかみにくくなる二重否定などは避けるべきです。それと御所の花押《かおう》は欠かせません。御家人たちの中に御所の花押を知らぬ者はいませんから。この書が御所から下されたものであると、一目でわかることが肝要です」

夜を徹して御教書の作成を行ううちに、五月三日の夜が明ける。由比ヶ浜に退いた和田勢から、一番鶏に代わる鬨《とき》の声が上がった。

横山党が腰越のあたりに到着したのは、このころである。挙兵日をこの五月三日と打ち合わせていた横山党の面々は、すでにいくさが始まっているのを知って驚いたが、すぐに蓑笠《みのがさ》を脱ぎ捨てて、和田勢に合流する。

横山党の援軍を受けた和田勢は、元気を回復して、由比ヶ浜から進撃を開始した。

鎌倉の街区では、御所への進路を封鎖して、御所勢が待ち構えている。垣盾《かいだて》で街路を塞いだ御所勢との揉み合いが始まったが、和田勢は朝比奈三郎以下、一騎当千であり、たちまち御所勢は苦戦に陥った。

市街戦の指揮を執る北条金剛が、法華堂に味方の苦戦を注進する。

「御教書はどうした」

うろたえたように義時は発したが、市街戦の最中では、御教書など外へ持ち出せないのである。

そんな御所勢に、次の注進がもたらされる。鎌倉の騒乱を知った西相模《にしさがみ》の御家人たちが、兵を率いて稲村ケ崎《いなむらがさき》の辺まで進出してきたと言うのだ。

法華堂に、歓声が満ちる。

鎌倉の騒乱を知って、馳せ参じる御家人は引きも切らないという。

ところが――である。

御所勢の苦戦を見ながら、稲村ケ崎の辺に集結した御家人衆は、いっこうに手出しせずに戦況を傍観していた。

「何をしているんだ」

苛立って叫んだ義時へ、金剛が応じる。

「どうやら、西相模の衆は、このいくさを私戦ではと疑っているようです」

北条と和田の私戦、という意味だ。

「ならば御教書だ」

義時が金窪に御教書の使者を命じようとしたそのとき、首座の実朝が躍り上がった。

「御教書など、まどろっこしい」

眼を吊り上げた実朝が、法華堂の庭を警固する三浦勢に向かって叫んだ。

「馬を引け！」

唖然とした三浦勢だったが、一頭の馬を引いた惣領の義村が、困惑してたたずむ三浦勢を押しのけて、実朝の前に転がり出た。

「この義村が御供つかまつり申す」

その反射神経の良さに、法華堂の義時が呆気に取られているうちに、実朝を乗せて義村が口を取った馬は、どんどん遠ざかっていく。

「優柔不断――か」

二人を見送った義時が独語する。あの反射神経の良さは、優柔不断さから来ているのかもしれない。伸《の》るか反《そ》るかの決断を迫られると、相手の勢いに流されて自分で決められなくなってしまい、自分で判断する代わりに、相手の判断に従ってしまっているのである。

法華堂の義時が腑に落ちている間に、実朝の乗った馬を引いた三浦義村は、若宮大路の真中を押し通っていく。

「御所のおなりぞ、御所のおなりぞ」

義村の呼ばわる声が大路に響きわたり、戦乱の巷《ちまた》にあった大路の喊声が、ぴたりと止む。飛び交う矢まで、息をひそめてしまったようだ。

若宮大路を押し通って由比ヶ浜に出た実朝と義村が、そのまま稲村ケ崎へ向かう。鎌倉への入口付近で用心深く様子見していた西相模の御家人衆が、実朝の姿を見つけてどよめいた。

「御所じゃ」

一人が叫ぶや、その場で弾け飛ぶ。気付くと平伏していた。同じ場にひしめいていた御家人衆みな、転がるように下馬して、実朝の前に平伏した。

「たわけども！」

その場を埋めた御家人衆へ、実朝の叱声が飛ぶ。

「平伏しておる暇があったなら、ただちに謀叛人たる和田一門を成敗せよ」

実朝から直々の命令を受けたのだ。もはや逡巡する余地などあろうか。勇躍した御家人衆から、どっと喊声が上がる。たちまち鎌倉への入口を踏み越え、和田勢に襲いかかっていった。

西相模の御家人たちだけではない。兵を率いて鎌倉の入口まで来ていた他の御家人衆も、残らずあとに続く。

こうなっては、いかに和田一門が精鋭揃いであっても、どうにもならない。朝比奈三郎は血路をひらいて落ち延びたが、一門総帥の和田義盛が戦死して、いくさは終わった。

「鎌倉は丸焼けです」

北条金剛が疲れ切った様子で、法華堂の義時へ報告する。少し大げさな言い方だったが、鎌倉殿のお膝元で戦火を起こしてしまったことに変わりはない。

「父上、それがしには不安な点があり申す」

「京都への聞こえか？」

義時が応じると、金剛は力なくうなずいた。

「鎌倉府、盤石ならずと、京都は見たでしょう」

「そうだな」

義時も力なくうなずく。

「やっと勝った。それも御所のおかげで」

そう付け加えた義時だったが、金剛の顔つきがあらたまっているのに気付いた。

「父上、北条の力はまだまだです」

義時には金剛が何を言わんとしているのか、分かった気がした。黙っていると、金剛は恐れげもなく言い放ってきた。

「三浦を始末するさいには、もう少しうまくやらなければなりません」

義時はまた黙り込む。ややあってから言った。

「うまくやれよ、金剛」

「まだまだ先のことでございますよ、父上。おれの代にできるかどうか分かりません」

「さしあたって」

義時は続ける。

「金剛が申したような屋敷を——屋敷内に股肱の者の屋敷を組み込んだ、堅牢堅固な屋敷を実現することから始めよ。そんな屋敷があれば、水干装束を抱えて逃げ出す無《ぶ》様《ざま》を演じなくても済む」

四

三井寺で修行していた善哉が公暁《くぎょう》となって、六年ぶりに鎌倉に帰還してきた。六年前はまだ子どもだった公暁は、驚くほど背丈が伸びて、すっかり大人になっていた。

六年ぶりに公暁を見た瞬間、義時の心はつぶやく。似ている――と。頼家――にである。

父子なのだから、似ていても不思議はないが、義時には頼家が生き返った心地がした。

公暁の鎌倉帰還を決めたのは、尼御台政子である。当初からその予定で、三井寺で修行させたのだ。

やがて公暁は鶴岡八幡宮の別当となる。これも政子の強い希望だ。政子は公暁に頼家の亡魂を祀《まつ》らせたかったのだ。源氏の氏神である鶴岡八幡宮に頼家の亡魂も眠っており、非業の死を遂げた頼家の供養を行うためには、最も身近な肉親に祀らせるのが最善だった。

「尼御台が供養されれば」と義時は遠慮がちに言ってみたが、政子は悲しそうにかぶりを振って応じるばかりだ。「この尼にその資格はありません」と。

実朝が公暁をどう見ていたのかは、義時にも分からない。少しでも頼家に関わることは禁忌であり、義時は腫れものに触るように政子の意向に従うしかなかったが、もしかしたなら実朝も同じであったのかもしれない。

だが実朝がおとなしく政子の言いなりになっていたと思うのは大間違いである。公暁の件では政子に反対しなかったものの、鎌倉殿としての実朝は全然違う。

実朝は歌人であり病弱であったため軟弱な印象があるが、どうして亡父頼朝をしのぐ強権ぶりであった。

実朝が絶対視しているのは亡父頼朝ひとりである。だから頼朝の遺した下文を、異様な熱心さで収集し、そこから示唆を得ようと血まなこになっていた。

なんとなくその様子は、義時にはおかしい。

——下文なんか見たって、本当の右幕下は分かりませんよ。

そう言いたくなる。ただし、声に出して言いはしない。もし実朝に面と向かって、そんなことを言おうものなら、実朝の癇癪が義時めがけて大爆発してくるだろう。

実朝は癇癪持ちである。義時の見たところ、実朝は亡父頼朝よりも母の政子に似ている。政子の癇癪もすごかったが、それに輪をかけて実朝はすごい。

頼朝と直に血がつながった実朝は、頼朝の遺志を継げるのは自分しかいないと確信している。頼朝の遺志とは、武家棟梁としての源氏が鎌倉を武家の府として、京都の天皇のように永続することである。

そのために実朝は頼朝の下文を懸命に集めているのだが、義時は文字通り頼朝の謦《けい》咳《がい》に接していた。

頼朝は生前、しばしば夫婦で比企尼《ひきのあま》の屋敷に出向いた。三浦一門を訪問する三崎遊覧などとは違って公式行事ではない。まったくの私事だったが、政子の弟である義時には、これに同行する機会があり、そのおりに頼朝の素顔を垣間見たのだ。

伊豆の流人時代から頼朝の面倒を見ていた比企尼は母親代わりであり、頼朝はその屋敷に行くと、実家に帰ったような伸びやかさを覚えるのであろう。

そんなとき、御家人と対面する公式の場では一分の隙も見せぬ頼朝が、ふやけたような隙だらけの顔になる。

頼朝は決して、動じぬ性格ではない。しかし、動じぬ「ふり」をするのはうまかった。間近でそんな頼朝を見ていた義時は、その巧みさにこそ頼朝治政の秘密があると考えたが、義時が目の当たりにした頼朝の実像は、下文からでは伝わらない。

頼朝を神格化する実朝に危うさを感じた義時だったが、それでも実朝に対する親近感は消えなかった。もし実朝が鎌倉将軍を京都天皇のように永久化させたいと願うなら、これをかなえてやりたいと思った。長く間近で仕えた頼朝に対する親近感を、その忘れ形見であり、甥として血のつながっているうえに、北条家の養君だった実朝にも感じていたのだろうか。

実朝には歌人としての感性があり、ウグイスが鳴いたといって、急にその名所に出かけたり、雪が降ると雪見に赴いたりした。実朝の側近たちは、その実朝に従うだけでなく、一首詠んで実朝を感心させなければならないが、幸い金剛だけでなく、義時の弟に当たる五郎時房《ときふさ》にもその適性があった。

だから義時は実朝の御供を金剛たちに任せきりだったが、ときおりは北条家の総帥として金剛に尋ねたりする。

「今度の歌会のお題はなんだ？」

「梅花万春を契《ちぎ》る――です」

金剛の返答を聞くだけで、義時は眼が回る。

「なんだ、そりゃ」

早々に話を打ち切ろうとした義時へ、金剛が注意を喚起するように発した。

「ときに公暁殿のことですが」

「うむ」

「なかなかの人物かと見受けられます。鶴岡八幡宮別当としての務めも、万々遺漏なくお務めのご様子」

「ならば、いいじゃないか、尼御台もお喜びであろう」

「よくありません」

きっぱりと金剛は言い切った。その余韻が、義時の耳に残った。

続きを言え、と義時は金剛に向き直る。その義時へ、歯に衣着せず金剛は告げた。

「もし公暁殿が酒と女にふやけるような人物であったなら、何の心配も要りません。なれど、公暁殿は八幡宮において、いま一人の鎌倉殿のようにお振る舞いです」

「武芸にご熱心なのは聞いている」

「武芸だけではなく祈禱《きとう》にも熱を入れられているご様子」

「祈禱は鶴岡別当の本分であろう」

「確かに本分。しかし本分内におさまっているのか、その本分をも超えてしまっているのかは、この金剛にも分かり申さぬ」

じっと金剛の顔色をうかがった義時が、水を向けてみる。

「公暁殿の乳母夫《めのと》は三浦の惣領（三浦義村）のはずだ。どのくらい三浦は公暁殿に関わっている」

「三浦駒若丸《こまわかまる》（のちの光村《みつむら》）を公暁殿のお弟子とした以外に、分かったことはありませぬ」

「そうか」

残念そうに義時はうなずく。その義時へ、金剛は強い口調で付け加えた。

「出家すれば男ではなくなるというのは、世間の決め事にすぎません。尼御台は公暁殿を出家させて金吾（頼家）様を祀らせれば全て丸く収まるとお考えのようですが、出家しても男は男。武家に生まれた男が為すべき第一のこととは――」

「やめろ、金剛」

義時が金剛を遮る。

「その先は胸にしまっておけ」

「しかし」

金剛は承服した様子もなく続けようとしたが、義時は声を荒げた。

「金剛、その先を尼御台に向かって申し上げられるのか」

金剛が沈黙する。

「尼御台に言えぬことを、おれに言ったたって始まらぬ」

五

実朝は初め、大江広元に命じた。

「予を近衛大将《このえのたいしょう》に任じるよう京都へ伝えよ」

そのとき実朝は、こう念押しした。

「近衛大将は『左』だ」

なぜ実朝が念押ししたのか。それは亡父頼朝が「右」の近衛大将に任じられた先例があったからだ。

広元が尋ねてみる。

「御所、なぜ『左』の近衛大将をお望みですか。お父上が任じられたのも『右』の大将であられたのに」

実朝は答えなかった。亡父頼朝を神と崇め、その先例に準ずることを何よりの美徳とした実朝が、なぜ「右」ではなく「左」の大将を望んだのか。

近衛大将は朝廷でも最高級の重職だったが、「右」より「左」の方が上だ。つまり実朝は頼朝を超えようとしているのだ。

実朝の返答を得られなかったので、広元は義時に相談してみる。義時も首を傾げるばかりだったが、やがて言いにくそうに発した。

「御所は焦燥しておられると、この義時は見受けられ申す」

「それはこの広元も感じており申した」

なぜ実朝は焦っているのか。その原因はおおよそ見当がついていたが、相手が主君の実朝であるために、なかなかはっきりは言えない。

そこでぼやかすように義時は告げた。

「御所は冷泉宮《れいぜいのみや》（頼仁親王《よりひと》）を竹御所《たけのごしょ》の婿に迎えるおつもりのようです」

冷泉宮は後鳥羽上皇の皇子であり、竹御所は源頼家の遺娘である。つまり実朝は、自身に跡継ぎが生まれることはないと判断しているのだ。

「まだ御所はお若いのに——」

言いかけて広元は口をつぐんだ。聞こえぬふりをした義時が、ふと漏らした。

「竹御所も公暁殿と同じく金吾（頼家）様の子であることに変わりはないが——」

公暁について語った金剛の言葉が、義時の耳に残っていたのだろうか。

出家させて男であることに眼をつぶってしまった公暁とは違って、竹御所は本物の女子だった。

実朝は自分の代わりに、竹御所に源氏の血を継承させようとしている。その婿に最高の血筋である皇子を配し、自分が生きている間に男子を為させて、おそらくその子を養子として跡を継がせようと考えているのだろう。

これは新しい源氏の形だ。新規に踏み出すため、実朝は頼朝を超える必要があったに違いない。

実朝は病弱な自分では長生きできまいと、覚悟しているのだろう。あまり時間が残されていない、と切迫していた。

「御所は焦り過ぎておられる。京都と関わり過ぎじゃ。あまり京都に手の内を見せない方がいいのに」

ぼやいた義時に、広元はうなずいてみせる。だが義時も広元も、とても正面切って実朝に意見できなかった。

二人は溜息をつき合ったが、そんな呑気では済まない事態となる。大江広元に左近衛大将任官を命じたはずなのに、実朝は使者に自分の側近を任命し直して、これを京都に送ったのだ。

新たに使者に任命されたのは波多野忠綱《はたのただつな》であり、生粋《きっすい》の関東御家人だった。つまり実朝は京都外交に慣れた大江広元に任せれば、「右」と「左」を朝廷との駆け引きによって決し、実朝が最もこだわっている近衛大将は「左」という焦点が、うやむやにされてしまうのでは、と感じたのだろう。「左」の近衛大将は摂関家の長者が任じられており、広元ならば摂関家への忖度《そんたく》がはたらいても不思議はない。

実朝の使者となった波多野忠綱は、朝廷の空気なんぞ読まずに、「近衛大将は『左』」を連呼し、京都朝廷の関係者を辟易《へきえき》とさせたが、それが実朝の強い意志であると察した後鳥羽上皇は、これを容れて実朝を左近衛大将に任じた。

近衛大将には中将や少将と違って権官がなく、左右に一人ずつしかいない。しかも大変な高官だから、これに任じられているのは、公卿の中でも最上級の者だった。実朝はそれらのやんごとなき公卿に対して「そこをどけ」と言っているに等しい。その実朝の無理押しを後鳥羽上皇が受け入れたのは、ひとえに実朝を上洛させたかったからだ。

実朝の亡父頼朝も、ちょっとやそっとの官位に叙任されたくらいでは、鎌倉から動かなかった。これでは政権が東西に割れているのを天下に示しているようで、京都には都合が悪かった。だがその頼朝も、右近衛大将に任じられたさいは上洛し、任官の御礼をする拝賀式を内裏と仙洞《せんとう》御所で行ったのだ。

だが実朝は後鳥羽上皇の期待に反して、左近衛大将に任じられても上洛しなかった。実朝が拝賀式を行ったのは、鶴岡八幡宮である。鶴岡八幡宮は源氏の氏神だったが、実朝にとっては亡父頼朝の霊廟《れいびょう》だ。実朝が任官の御礼をする相手は、天皇や上皇ではなく、頼朝の亡魂だった。

近衛大将は京都朝廷における公式行事での役割が大きい。朝観行幸《ちょうきんのぎょうこう》においては、上皇を訪問した天皇を左右の両大将が迎えるという、替えの利かない大役があった。

頼朝は在京の間に近衛大将を辞したため問題はなかったが、一方の実朝は鎌倉にいたまま左近衛大将となったのである。左近衛大将となった実朝は辞すこともなく鎌倉に居続け、近衛府の最高官である左近衛大将がいない朝廷の行事は滞ったが、そんなことなど実朝は気に留めた様子もない。

気に留めた様子もないといえば、大江広元に対してもそうである。鎌倉殿の任官は広元の専権事項であり、いったんは広元に命じたにもかかわらず、その広元の頭越しに波多野忠綱を使者に任命し直してしまった。

大江広元の面目は丸つぶれであり、北条義時も同情せざるを得ない。

「御所もひどいですなぁ」

「いやいや。この広元が鎌倉で政所別当の地位にとどまっておられるのは、御所のお力のおかげなのです」

あくまで広元が冷静だったので、義時はいま一つの面倒を思い出した。実朝の件に比べれば、ごく些事《さじ》である。

「ときに天野藤内《あまのとうない》がまいりましてな」

義時が打ち明ける。

「陳情にやって来ましたのじゃ、これまでの勲功に免じて所領を返してほしい、と」

どのように対処すべきか、広元に相談する。すると知恵者の広元も困った顔になった。

「藤内は御所に嫌われておりますからなぁ」と言ったきりである。いかに知恵者の広元でも、実朝の機嫌は動かせない。

その広元が重態に陥った。すでに老齢であり、義時はもちろん実朝も見舞いの使者を送ったが、使者に与えた口上とは裏腹に、義時はその最期を予期していた。

広元出家の一報が伝わってくる。法名は「覚阿《かくあ》」だ。その法名が戒名のように聞こえた義時だったが、なんと広元は回復してしまった。

——しぶとい、じいさんだ。

義時は祝福するのも忘れておかしがったが、見かけによらぬ生命力を発揮した大江広元に助けられる日が来るとは、神ならぬ身に想像もできなかっただろう。

また辛気臭い顔で、金剛がやって来た。鶴岡別当の公暁の行動が異常であるとの報告である。

八幡宮には御家人たちが警固番として詰めているが、公暁とその弟子たちが、しばしば諍《いさか》いを起こすというのである。ある夜、大騒ぎをする弟子たちを警固番の御家人が咎《とが》めたところ、その中の一人に、いきなり胸ぐらをつかまれたという。

「無礼な」とその御家人が怒ったところ、胸ぐらをつかんできたのは、弟子たちではなく公暁その人だった。

怖ろしい迫力でした——と、胸ぐらをつかまれた御家人は金剛に伝えた。

「ありゃ、尋常の面構えじゃない」

その御家人の口伝えをする金剛へ、遮るように義時は質した。

「その後、駒若丸以外の件で、三浦との関わりが分かったのか」

金剛が首を横に振ったとたん、義時が苛立たしげに応じる。

「だったら手荒な真似の一つや二つで、いちいち知らせにまいるな。粗暴な弟子が五人や六人いたところで、いったい何ができる。そう言えば、鶴岡領の地頭が、おれに泣きついてまいった。別当の使者に脅されて年貢が取れぬ、と。年貢が取れぬのなら地頭をやめろ、と返してやったわ。女子どもじゃあるまいし。別当は尼御台の肝いりだぞ。滅多なことでも起こさぬかぎり、口出しなどできん」

その尼御台政子の上洛が迫っていた。冷泉宮を竹御所の婿に迎える交渉のためである。実朝から火の出る勢いで催促されていたのだ。

実朝は怖いものなしである。自分は鎌倉から動かず、代わりに母の政子の尻を叩く。頼朝すら政子を憚《はばか》ったのに、実朝は渋る政子へ頭ごなしに上洛を要求した。

政子に同行するのは、北条五郎時房である。義時の弟でもある五郎時房は、気が利くので政子の秘書役が務まった。

政子上洛が円滑に捗《はかど》ったのには、秘書役の五郎時房の働きが大きい。五郎時房は終始不機嫌だった政子に代わって。朝廷との折衝を一手に引き受けたという。

一息つく間もなく、また実朝は動きだす。陰陽師《おんみようじ》を京都から招きたいという。これは問題なかったが、そのおりの実朝の真顔が、義時の印象に残った。

――御所は何を恐れているのか。

このときの義時には分からなかった。この世に怖いものなしの実朝が見せた、不安に満ちた表情――。

だがそんな義時の密やかな思念は、たちまち吹っ飛ぶ。実朝が今度は右大臣《うだいじん》になる、と言い出したのだ。

――いい加減にしてくれ。

実朝の要求に振り回されるのは、もううんざりだった。うんざりだったが、聞かないわけにはいかない。また五郎時房を京都に派遣しようかと検討しだしたころ、陰陽師たちを連れた源 仲章《みなもとのなかあきら》が鎌倉入りしてきた。

源仲章は実朝の侍読《じとう》であり文章博士《もんじよう》だった。侍読を務める文章博士というと、書物に埋もれた学者のような印象だが、京都と鎌倉を往復する源仲章は、なかなかの食わせ者である。京都では後鳥羽上皇の前で公卿らしく振る舞い、鎌倉では実朝の前で武家みたいに振る舞う――いや、その逆かもしれない。後鳥羽上皇の前では武士らしく振る舞い、実朝の前では公卿らしく振る舞っていたのかもしれない。とにかくその場その場で対応を変えられる抜け目のない男であった。

北条義時はこの源仲章が苦手だったが、右大臣の件については、仲章が後鳥羽上皇に取り継いでくれるという。

だが義時は仲章から小声で尋ねられた。「御所は右大臣に任じられたなら上洛されますか」と。

義時は曖昧に口を濁すしかない。だが仲章は「お任せあれ」と忍び笑いして応じる。この件は高くつきますぞ、と言われた気がしたものの、仲章に任せるしかなかった。

実朝は右大臣になっても、鎌倉を動かなかった。拝賀式も左近衛大将に任じられたときと同じく、鶴岡八幡宮で行うという。

鎌倉を動かぬ実朝は、参列の公卿たちを京都から呼びつける。拝賀の儀を調える牛車、装束、前駆の官人たちも、鎌倉まで運ばせる。次に鎌倉まで運ばせるのは皇子かな、と心ひそかに皮肉をつぶやいた義時だったが、彼も拝賀式では御剣《ぎょけん》の役《やく》を務めなければならない。

建保《けんぽう》七年一月二十七日。源実朝の右大臣拝賀の儀が、鶴岡八幡宮において執り行われた。

実朝が出御する酉《とり》の刻（午後六時ころ）から本降りとなった雪が、みるみる積もりはじめ、夜の帳《とばり》に包まれんとしていた大倉御所が、いつの間にか閃白く浮かび上がっていた。

車寄せには、すでに後鳥羽上皇から下賜された牛車が待機している。だが肝心の実朝が、なかなか出てこない。

先ほどから、館の内で耳慣れぬ足音が聞こえている。

陰陽師の踏む反閇《へんばい》だ。

パン、パン。

聞きようによっては、間が抜けている音だ。

――御所、早く出てこないかな。

義時が雪の降りしきる夜空を仰ぐ。天候が悪いので、さっさと済ませたい、と義時は思っていたのだが、まだ実朝は出てこない。

今度は陰陽師の祈禱の声が聞こえてくる。

——絞められたニワトリみたいだな。

不謹慎に笑った義時が、館内から姿を現した実朝に気付き、慌てて笑いを引っ込める。実朝は蒼白だった。確かに義時と眼が合ったはずだが、その瞳は死んだように動かない。義時は実朝をひどく遠くに感じたが、だからといって、この先に起きることを予見したわけではない。

黒い束帯《そくたい》の正装を身にまとった実朝が、牛車に乗り込もうとする。そのさい、飾太《かざた》刀《ち》が何かに引っ掛かってしまったのだろう。華奢な造りの飾太刀が、真中からポキリと折れてしまった。周囲が騒ぎだす。不吉だからではない。時間が押しているのだ。代わりの飾太刀を用意するのに、さらに時間を費やしてしまう。

苛立った源仲章が、配下の者を叱りつけるなか、御剣の役を務める義時は、飾太刀とは重さが比べものにならぬ源氏重代の太刀を抱えてふぅふぅ言っていた。

義時は実朝の神拝の間、ずっと奉持の姿勢のままで、この太刀を捧げていなければならない。また義時が恨めしげに夜空を仰いだ。暗闇に舞う雪はいよいよ勢いを強めたばかりか、そのまま足元に降り積もっていった。

みるみるうちに嵩《かさ》を増していく降り積もった雪へ、義時が眼を落とす。足場が悪くなると、粗相をしでかす恐れが強まる。実朝の晴れの場を、北条家の総帥たる義時が汚しては、名折れもいいところだ。

義時が重い溜息をついたとき、ようやく実朝の行列が動きだした。鶴岡八幡宮まで到着してみれば、一群の松明に出迎えられる。どの松明も六具《ろくぐ》に身を固めた武者たちをあぶりだしており、その警固ぶりは足の踏み場もない騒々しさに満ちていた。八幡宮の諸門は全て武士たちによって警固され、蟻《あり》のはい出る隙間もないほどだ。

牛車から実朝が降り立ち、義時は奉持の太刀を抱えて駆け寄る。

義時を従えた実朝が、八幡宮の境内へと入っていく。ものものしい警固の武士たちの騒ぎ合う声々と煌々たる松明の群れに代わって、境内に入った二人を夜のしじまが迎える。いぶかしげに夜空を仰いだ義時が、ようやく雪がやんでいるのに気付いた。

くぐもった物音が聞こえ出す。二人が積もった雪を踏む足音だ。足を取られる深さであり、太刀を抱えた義時の息が上がりだしたころ、少し先の闇で松明が振られだした。

本殿の門前で松明を振っていたのは、此処に先回りしていた源仲章である。少し苛立って見えたのは時間が押してしまっているからか。

実朝に駆け寄った仲章が、早口に言上する。

「御所、お急ぎください。御神拝の刻限が迫っております」

「公卿衆はすでにご参集か」

問うた実朝へ、素早く仲章が答える。

「半刻ほど前から、すでにお揃いです」

「ならば、ただちに神拝を行う」

実朝が告げた。ほんらいなら叙爵された源氏一門、北条一門が打ち揃って実朝の神拝に従うのだが、彼らの多くはまだ境内の外におり、集めるとなるとまた時間が掛かった。神拝の刻限が過ぎているのに、これ以上、京下りの公卿衆を待たせておくわけにはいかない。

「ならば奥州《おつしゆう》」

実朝が義時を振り返る。このとき義時は相模守から陸奥守に選任していたため、相州ではなく奥州だ。

「奥州もこの場にて待て」

なぜ実朝がそう言ったのか分からない。神拝の場にいるのが、みな殿上人《てんじようびと》であり、義時がそうでなかったからなのか。あるいは源氏一門、北条一門が打ち揃って神拝に従う儀が中止されたからなのか。はたまた息が上がってしまった義時が、神拝の場にふさわしくないと判断したからなのか。

義時の代わりの御剣の役は、源仲章が務めることとなった。御剣の役を面倒がっていた義時だったが、いざ交代を命じられると、面白くなかった。

とはいえ実朝の命令である。重い御剣を渡すと、源仲章は軽々とこれを奉持した。ますます面白くない気持ちで、実朝と仲章を見送る。

すっかり手持ち無沙汰になってしまった義時が、御剣と交換する形になった、仲章の松明を手にぽつねんと、その場にたたずむ。おあずけをくった犬のような気分だ。実朝の指示に不満しか感じなかった義時の耳に、神殿の方から低いどよめきが聞こえてきた。

神拝に参列した公卿衆が、発したようだ。

――ありゃ、なんだ。

初めは大事だとは思わなかった。だが次に、もっとはっきりと聞こえてきた。

「親の仇はかく討つぞ！」

聞き間違いようがなかった。義時は蒼ざめる。誰の声なのか分かったのだ。

俄《にわ》かに神拝の場が騒がしくなり、神殿の門から一人の公卿がよろめき出てくる。松明を手に走り寄った義時へ、その公卿が喘ぎながら告げた。

「鎌倉殿が討たれ申した。下手人《げしゅにん》は分かり申さぬ。ただ僧形の若い者のようにござった」

義時が、かぶりを振りながら心で叫ぶ。

――下手人は分かっている。鶴岡別当だ。公暁だ。鶴岡別当が下手人なら、どんなに境内の外を警固したって意味などないのだ。

めまいをこらえて、その公卿に尋ねた。

「御剣の役でありながら、文章博士は御所をお守りできなかったのでござるか」

「えっ？　文章博士？　奥州ではなかったのですか」

義時は唖然とする。

「奥州なら卿《きみ》の目の前ですが」

答えながら義時は思い出す。先ほど御剣の役を交代したことを。

――公暁の奴、間違えたんだな。

北条義時と源仲章を。御剣役の交代は直前だった。参列の公卿衆が交代を知らなかったように、公暁も知らなかったのだ。

その公卿を引きずるように同行して、義時が神拝の場に踏み込む。神拝の場を照らす篝《かご》松明が、その惨劇の光景を浮かび上がらせていた。

下手人の公暁の姿は、すでにない。参列の公卿衆の多くが、いま目の前で起こったばかりの惨劇に、言葉を失って立ち尽くしている。

参列の公卿衆が見つめる先に、首がない束帯姿が倒れていた。義時が参列の公卿衆を押しのけて、物言わぬ束帯姿に駆け寄った。

義時が天を仰ぐ。

「なんてこった」

押しのけられた公卿の一人が、おや、と義時を見やる。顔見知りだったのだ。その公卿が義時へ、幽霊でも見たように発した。

「奥州殿ではないか。ならばあれは誰だ」

顔見知りの公卿が指さした先に、いま一つの死体があった。その足元の辺の雪に、見覚えのある太刀が転がっている。

「あれは文章博士です。御所のお指図により、直前に御剣の役を交代しました」

答えた義時が、己れの狩衣《かりぎぬ》を外して、実朝の遺骸にかける。異変を知らせるために、境内の外へ走った。此処からでも見える。境内の外にひしめき合う武者たちの群れが。見ようによっては間の抜けた光景だ。実朝への刺客は、神拝の場の内にいたのだから。

――考えてみれば。

実朝は左近衛大将のときも、同じ鶴岡八幡宮で拝賀式を行っている。どんな手順なのかも、鶴岡別当ならば、容易に把握できただろう。手の内を残らず見せて、予行演習までさせていたのと同じことだ。

積雪に足を取られて走りながらも、義時の脳裏から離れぬのは、神拝の場で公暁が放った一言だ。

――親の仇はかく討つぞ。

人目につかぬ暗いところに隠したい頼家殺しを、明るみに引きずり出すような一言だった。

分かり切ったことだったのである。公暁にとって、実朝そして義時が親の仇であることなど。

分かり切っていながら、尼御台政子の肝いりにかまけて、見て見ぬふりをした。いやでも思い出さざるを得ないのは、度重なる金剛の忠告である。

金剛は公暁が危ないと見ていた、その事実から眼をそらさなかった。金剛は言ったものだ。

――出家させれば男でなくなるなど、世間の決め事にすぎません。

まやかしを見過ごし、唯々諾々《いいだくだく》と尼御台政子に従って、取り返しがつかぬ事態を招いてしまった。

金剛に己れが発した言葉もよみがえる。五人や六人の弟子で鶴岡別当に何ができる――できたのだ、五人や六人で。実朝には数千の警固兵がいたが、神拝の場には一人もいなかった。

だが同時に義時の心は叫んでいたのである。

――運がいい。

もし実朝が御剣の役の交代を命じなければ、斬り殺されていたのは仲章ではなく義時だったのだ。

義時は暗闇に向かって、ただ一人声に出してみた。

「運がいい」

その声がひどく震えていた。雪にまみれながら義時は独語してみる。

「今晩は冷えるなぁ」

ひどく言い訳じみて聞こえた。声音が震えるのが寒さのせいだけではないのは自覚している。周囲の闇に閃白く浮かんだ雪景色が、正体のない魔物のように映り、芯から沸き起こる悪寒が義時の身体を揺さぶっていた。

境内の外に大事を知らせるや、門外を守備していた数千の警固兵が、先を争って八幡宮の内へ突入していった。後の祭りであり、狩衣のない乱れた姿でガタガタ震える義時の前に、金剛が姿を現した。

狼狽した震え声で、義時は金剛に命じる。

「金剛、三浦の邸へ使者に行け」

「鶴岡別当を誅殺せよ、と命じればよろしいですか」

金剛から問われ、義時はうなずき返す。身体の震えが、消えていくのを感じる。

「三浦が応じぬときはいかがなさいますか」

「三浦は応じる」

断言した義時の声音は、震えがおさまっていた。その義時を試すように金剛は言った。

「いまこそ三浦が北条を斃《たお》す機会だと思いますが」

「その機会とは伸るか反るか、だ。御所を弑逆《しいぎゃく》した謀叛人だからな、鶴岡別当は。謀叛人を担ぎ謀叛の与党でいいと思い切るには、三浦の惣領は優柔不断すぎる」

義時が思い浮かべていたのは、和田合戦のおりの三浦義村の表情だ。あのとき、御所の北門を抜けてくる実朝の顔つきを見た瞬間、三浦義村は和田義盛から源実朝に乗り換えてしまった。

イタチのように抜け目ない三浦義村の表情を、あらためて北条義時は思い浮かべる。

——あの抜け目なさは優柔不断さだ。

そう看破したのは、いま冷たい雪の中に横たわっている実朝だ。ブルッとよみがえった悪寒に身を縮めながら、義時は待つ。鶴岡別当公暁の首を。

三浦邸に赴いた金剛から、実朝暗殺の一部始終を聞かされた三浦義村は、目の前に金剛がいなければ、頭を抱えてしまっただろう。

——なんて、バカなことを。

義村は心の中でうめいたはずだ。

——御所は親の仇だと言いたかったのか。親よりも主君の方が重いのだぞ。しかも此処は鎌倉だ。その鎌倉の主君を殺しておいて、鎌倉の主になるつもりだったのか。親の仇を討ったとたん、この鎌倉全ての御家人たちの、主君の仇になってしまうのが分からなかったのか。御所を討ったことは、弓矢の道理などではなく、ただの謀叛だ。

義村は公暁を唆《そそのか》したかもしれない。実朝が死ねば、跡を継ぐのは公暁だ——と。だがそれは実朝が病弱であるのを念頭に置いての示唆だ。調伏《ちょうぶく》の祈禱《きとう》を勧めたかもしれないが、本物の刃を実朝に向かってふるうなど言語道断である。

——そんな子どもにでもつく区別が、鶴岡別当にはつかなかったのか。

慨嘆《がいたん》してみても始まらない。

もしかしたなら公暁は、冷泉宮と竹御所の間に男子を生ませて後継者とする企てが実朝にあるのを知って、凶行に及んだのかもしれない。

だが今さら公暁の動機を尋ねたところで、何の意味もなかった。公暁は鎌倉殿である実朝を殺すという前代未聞の大逆をやらかしたのだから。

公暁の乳母夫である立場を生かして北条を斃す、という策も、ちらと三浦義村の頭をかすめたかもしれない。実朝を奉じていた北条は、その大きな手札を失い、掲げる旗印もなくなっていたのである。その間隙をついて三浦が公暁を旗印として兵革を起こせば、旗印のない北条に、もしかしたなら勝てるかもしれなかった。

だが鎌倉殿を弑逆した公暁で旗印になるか、と考えれば、二の足を踏まざるを得ない。鎌倉の御家人たちの支持を得られるかについては、この時点でも、見通しは極めて悲観的だった。公暁の一味と見なされ、あっという間に葬り去られてしまう可能性の方が、はるかに大きかった。

公暁を誅殺せよ、との命令は、決して北条の無理押しではない。鎌倉殿を殺害した謀叛人の成敗は当然であり、受け入れやすい命令だった。去就に迷った三浦義村は、危険な賭けに乗るのを恐れ、安全策を取るように、公暁誅殺の命令に従った。

公暁の首を実検した義時は、頼家の首を二度見せられたようで、気が滅入ってしまった。実朝の首は公暁の逃走路を丹念に捜索し、八幡宮背後の山の斜面の積雪に隠されていたのを見つけ出し、尼御台政子のもとへ送り届けた。

政子から丁寧すぎる礼状が、義時のもとへ届けられる。実朝のことにも公暁のことにも一言も触れていない点が、かえっていたたまれぬ気持ちを募らせる。

良かれと思っての差配が、最悪の結末を招いてしまった。感情に流される政子の失策だったとはいえ、敢えて止めなかった義時も同罪だ。

義時も出家して逃げ出したい気分に駆られたが、その義時を現実に引き戻したのは、彼が兵衛尉にした金窪行親である。

行親は菩提心《ぼだいしん》とは無縁の表情で告げた。

「奥州様、災いの芽は摘み取っておくべきかと」

実朝の死に乗じ、源氏の血筋を看板にして、鎌倉の弱味に付け込んでくる者がいるかもしれない。

先制攻撃が必要だと説いた行親は、あるいは追討《ついとう》の宣旨《せんじ》の受皿となる可能性のある源氏を潰しておいた方がいい、と考えたのか。

日本中の源氏が実朝の相続権を主張して蜂起する危険を、未然に防がねばならない。

「阿野全成の子で、阿野次郎《じろう》（時元《ときもと》）と申す源氏の連枝が、この関東を狙える駿河の国におり申す。僅かでもおかしな真似があれば、ただちに討ち取ってしまうのが、鎌倉安泰の道かと」

「おかしな真似がないなら、させるように仕向ければいい」

金窪行親に勝る冷酷な物言いだった。

——それでこそ、おれの主。いや、鎌倉の主だ。

金窪が義時を仰いだ。

第四章　雷光

一

京都の後鳥羽上皇が、鎌倉に揺さぶりをかけてきた。長江《ながえ》、倉橋《くらはし》両荘（摂津国《せっつのくに》）の地頭職廃止を要求してきたのである。

両荘は五畿内に位置するとはいえ、当時の源頼朝が京都朝廷から正式な認可を受けて地頭職を設置した地である。

また後鳥羽上皇は源実朝在世時に交わした冷泉宮の鎌倉下向の約束も取り消しており、明らかに鎌倉の足元を見ていた。

北条義時は弟の時房を京都に派遣して冷泉宮の鎌倉下向を交渉させたが、後鳥羽上皇の態度は実朝在世時とは打って変わったそっけないもので、取りつく島さえなかったという。それでも交渉上手の時房は、親鎌倉派の西園寺公経《さいおんじきんつね》の協力を得て、九条《くじょう》道家《みちいえ》の子の三寅《みとら》を、実朝亡き後の鎌倉殿としてもらい受けてきた。

三寅は摂関である九条道家の子であり、僅かながら源頼朝の血も享けていた。苦肉の策もいいところだったが、それでも北条時房は手ぶらで帰るという恥だけは晒《さら》さず、鎌倉の面目は保ってみせた。

北条時房の奮闘は称賛に値するものだったが、鎌倉の政子と義時は頭を抱えざるを得ない。冷泉宮と竹御所の間に男子を生ませて後継者とするのが故実朝の構想だったが、冷泉宮と違って幼児の三寅では、すぐに男子の誕生を期待できない。しかも実朝のように後見として異論のない人物も鎌倉にはおらず、そもそも摂関家の出とはいえ三寅は皇子ではなかった。冷泉宮は京都朝廷の支配者たる後鳥羽上皇の皇子であるからこその価値があったのだ。おそらく故実朝は冷泉宮の義父として、後鳥羽上皇と同じ立ち位置を占めるつもりであったのだろう。もし実朝が生きていたなら、そのことに後鳥羽上皇も異議を唱えられなかったはずだ。

実朝が左近衛大将や右大臣の拝賀式を鶴岡八幡宮で行ったのも、その準備行動であったと思われるが、全ては実朝の横死によって烏有《うゆう》に帰してしまった。

「困った、困った」と手をこまねきながらも、義時は京都の動きから眼を離さなかった。腹心の伊賀光季《いがみつすえ》を京都守護という名目で監視役に送り込み、その光季からの急使が京都鎌倉間の破局を知らせた。

承久《じょうきゅう》三年五月十九日の午の刻（正午ごろ）、同月十五日に発せられた伊賀光季の飛脚が鎌倉に到着した。最初の急使と踵《くびす》を接するように、未《ひつじ》の刻（午後二時ごろ）、今度は西園寺公経からの飛脚も到着する。

いずれも官軍によって伊賀光季が血祭に上げられたこと、西園寺公経と実氏の父子が後鳥羽上皇の命令によって拘禁されたこと、そして北条義時に追討《ついとう》の宣旨《せんじ》が下されたことを伝えていた。

「ううむ」とうなったきり、義時は押し黙る。後鳥羽上皇の下した追討の宣旨は、北条義時一人を名指ししていた。義時だけを標的にしていたのである。義時を討てとの宣旨は、鎌倉御家人の筆頭格である足利氏の当主（足利義氏《よしうじ》）や、なんと義時の弟である時房にまで下されていて、追討の宣旨の性格を明確にしている。

義時を孤立させ仲間割れを狙っただけでなく、後鳥羽上皇の自信をも示していた。後鳥羽上皇は自信満々に問いかけているのだ。「朕《ちん》と義時のどちらに付くつもりだ」と。後鳥羽上皇は宣旨の場に北条義時を引きずり出してみせた。いやでも北条義時は後鳥羽上皇と比べられてしまう。

――相手が悪すぎる。

北条義時は尻込みした。どちらに付くのかと問われれば、「そりゃ、本院（後鳥羽上皇）だろう」と、義時自身でも答えざるを得ない。

後鳥羽上皇と北条義時とでは、何もかもが違い過ぎた。後鳥羽上皇は天子を経た治天《ち》の君《てんきみ》であるのに対し、北条義時など父は天子どころか、かつては狩野川や江間の取るに足らぬ利権に血まなこになったあげく九条兼実から「北条丸」と蔑《さげす》まれた、あの時政だった。

比べるも愚かな後鳥羽上皇と比べられてしまった義時は、こそこそ逃げ出す代わりに、ひとり屋敷に閉じこもろうとして、耳を引っ張られるように表舞台に引きずり出された。

大江広元である。

棺桶の蓋を跳ね飛ばす勢いで現れた広元が、いきなり義時へ告げた。「何をぐずぐずしておられる」と。思わず義時が眼をこする。そこにいたのは、精気にあふれ生き生きとした広元だった。

きょとんとした義時が、広元を見返す。

「死にぞこないのわしが、尻をたたかねばならぬとは、何たる情けなさよ、奥州殿」

老齢に大病が重なって、ほとんど視力を失ったはずの広元が、義時の背筋をしゃんとさせる。

――すごい、じいさんだ。

まるではっきり見えているかのようだった。義時のしょぼくれた姿が。

てきぱきと広元は言った。

「宣旨が下された先は分かっているのですか」

「はぁ」

義時は頼りなげに返事する。

「金窪を遣わして調べさせましたから」

「さすが、奥州殿」

ニヤリとした広元は、あくまで若々しい。

「ただし、三浦だけは突き止められませんでした」

「なるほど」

老いた広元の血の巡りの速さは目くるめくばかりで、義時も眼が回りそうだった。

その義時へ広元が言う。

「奥州殿が突き止められなかったということは、それだけ三浦は京都の情勢を正確に把握していると考えてよいかと」

「ええ、三浦の惣領（三浦義村）の弟は、いま京都ですから。それも本院（後鳥羽上皇）の近臣です」

「三浦平九郎（胤義《たねよし》）ですな」

うなずいた義時へ、また広元が問う。

「三浦の惣領と三浦平九郎との仲は？」

「悪い――と言われています。世間では」

そう義時が答えると、見えていないはずの広元の眼光が鋭くなった。

「和田合戦のおり、三浦の惣領が和田義盛を裏切ったのは惣領の判断ですが、その前後に平九郎の助言もあったと聞いていますが」

「その通りです。三浦平九郎が上洛したのも、三浦の惣領と示し合わせてのことだったのかもしれません」

「だいたいわかりました」

早くも状況を理解した広元が、試すように義時へ質す。

「奥州殿、宣旨が下った先には、いかなる対応をされましたか」

「いついつに本院の宣旨が行くはずだと、先んじて言い送りました。宣旨が行くのは知っているぞ、と相手の機先を制するためです」

「三浦、以外は？」

「そうです。三浦以外です」

ようやく広元が、大きくうなずいた。

「奥州殿、見事です」

京都出身の知識人なのに勿体付けぬ褒め方をして、義時も思わず顔をほころばす。

「奥州殿、早急に評定を催すべきかと」

「わかりました。此処に主だった者を呼びましょう」

「いや、尼御台の邸がよろしいでしょう」

広元は知っているのだ。義時には権威が欠けていることに。その権威を少しでも補えるのは、頼朝の後家であり、実朝の母でもある尼御台政子だった。

「評定には三浦の惣領も呼ぶべきかと」

「わかりました。他の者たちが集ったのちに、三浦の惣領も招きましょう」

そう義時が応じると、広元は満足げな顔をしてみせた。


同じころ、三浦一門の惣領である三浦義村は、北条義時から送られてきた書状を穴が開くほど見つめていた。

尼御台邸における評定を知らせる文面だ。

今しがた、尼御台邸に、北条時房、北条金剛（泰時）、大江広元、安達景盛《あだちかげもり》、足利義氏らが参集しているとの知らせが入った。

三浦義村も行くしかない――北条義時に付くならば。

文面から眼を離した三浦義村が宙を睨む。よみがえってきたのは、京都の三浦平九郎の使者とのやり取りだ。

三浦平九郎は京都の政情を正確に報告して、追討の宣旨に従い義村に北条義時を討つことを勧めていた。

追討の宣旨は後鳥羽自身の強い意志から発せられている。

その点に留意すべし――と三浦平九郎は伝えていた。

鎌倉では、そこをぼやかして矮小化しようとしている。後鳥羽上皇の出頭人に藤原《ふじわらの》秀康《ひでやす》という西面《さいめん》の武士がいる。後鳥羽が武力強化を狙って新設した西面の筆頭だった。鎌倉はその藤原秀康こそが、後鳥羽上皇を唆して追討の宣旨を出させた張本人だと吹聴していた。

「そんなわけないだろ。能登守《のとのかみ》（藤原秀康）など、本院（後鳥羽上皇）のイヌ同然じゃないか」

三浦義村は正確に把握していた。鎌倉追討計画の全容を。彼の弟である三浦平九郎胤義は、その藤原秀康と並ぶ、後鳥羽上皇の意志の忠実な遂行者であり、両者は常に示し合わせて策を練っていたのである。

先ほど、三浦義村は三浦平九郎からの使者に答えていた。「用件の趣旨は確かに、この義村の耳に入った」と。

義村は使者に対し、返書をしたためることは拒んだ。自分の筆跡や花押のある文書が、鎌倉方の手に落ちる危険を避けるためである。

三浦義村は平九郎の使者に告げた。

「参らずばなるまい、尼御台邸の軍評定《いくさひょうじょう》に」

鎌倉府の首脳たちが確かに参集しているのだから、義村をおびき寄せて密殺するつもりではない。だが義村は平九郎からの使者を追い払おうとはしなかった。「役に立ってこい」と平九郎から送り出された使者には、まだ使い道があるかもしれない。

尼御台邸の首座を占めていたのは政子だが、評定を主導したのは大江広元だった。肝心の北条義時は、追討の宣旨で名指しされていたにもかかわらず、その隣にあって、他人事のような顔で、広元に議事進行を委ねている。

なぜ後鳥羽上皇が鎌倉追討を決心したのかについてから、広元は明快に解き明かしていった。

「本院（後鳥羽上皇）は勝てるとお考えになったのでしょう。右府将軍（源実朝）を失った鎌倉に」

後鳥羽上皇は鎌倉の動静から、決して眼を離さなかった。鎌倉の主君だった源実朝は決して京都に従順ではなく、それどころか強圧的ですらあったが、交渉事が密だったため、後鳥羽上皇に鎌倉の内情は筒抜けになっていたのである。

おそらく後鳥羽上皇は、和田合戦の経過に、最も注目していただろう。あの合戦で義時の北条方は、圧倒的に優位であったにもかかわらず、義盛の和田方に押しまくられ、源実朝が和田義盛を謀叛人と名指ししたおかげで、ようやく局面が変わって勝利したのである。

北条・和田ならびにその与党以外の御家人たちは、実朝の命令があるまで、決して動かなかった。和田方に北条方が押されていても、北条と和田の私戦に与してはならじと、北条を助けようとはしなかったのである。

だから後鳥羽上皇は北条義時ひとりを標的にすれば簡単に勝てる、と踏んだのだろうが、

「本院の裏をかかねばなりません」と、広元は一座に呼ばわった。

「なぜなら、これからの天下を動かすのは、京都の本院ではなく、奥州殿が権柄《けんぺい》を取ることの鎌倉だからです」

一座を見渡した広元の眼光は鋭く、みなの顔がはっきり見えているとしか思えなかったが、「こののちの天下を動かすのは奥州殿」と持ち上げられた義時は、思わずヘラヘラと笑ってしまい、首座の政子から睨まれた。その義時の尻を叩くように広元は続けた。

「天道から見れば、本院も奥州殿も変わらぬ。同じく天道の裁きを受ける立場。どうして奥州殿が本院に引け目を感じる必要があろうか。奥州殿と鎌倉こそが天道の御意にかなうと天下に示すには、本院の下された追討の宣旨を打ち破ればそれでいい」

後鳥羽上皇の下す官軍を破る策はいかに――これがこの日の軍評定の主題だ。

此処で参集の諸将の脳裏に共通して去来したのは、将門の乱から二百数十年にわたって関東で信仰のように言い伝えられている策だ。

「箱根、足柄を塞いで関東八カ国を閉じ、官軍を待ち構えるべし」

一座の誰かが言いだし、諸将みな賛同した。三浦義村が安堵したように同意しただけでなく、北条義時までその策に乗ろうとして、大江広元に遮られる。一座の諸将の意見を根こそぎ葬り去って、自信にあふれた広元の声音が響き渡った。

「だめです、その策では。なぜ右幕下《うばくか》（源頼朝）が上総権介《かずさごんのすけ》（上総広常《ひろつね》）を誅したのかお忘れか。関八州は別天地などではござらん。六十六州のうちの八州に過ぎぬ。あとの五十八州が官軍に回ればどうにもならん。ゆえに我らが官軍になるのです。我らが官軍になるにはどうしたらよいか。京都におわす本院の玉体を確保し、追討の宣旨を取り下げていただければそれでいい。本院の玉体を確保するにはどうすればよいか。関東に籠もるのではなく、諸士心を一つにして京都に向かって押し出すしかない。勝負は時間との戦いです。京都におわす本院の玉体の確保が一刻遅れれば、それだけ鎌倉は勝利から遠ざかる。逆に一刻早まれば、それだけ鎌倉は勝利に近づく。そう肝に銘じられて戦うべきかと」

広元は関東諸将の信仰――彼らの心の支えであり先祖から言い伝えられている関東の神話――を否定してみせたのだ。諸将みなムッとして押し黙るなか、北条金剛が声を上げた。

「覚阿大官令（大江広元）の仰せもっとも」

金剛が首座の政子を仰ぐ。

「尼御台、いかに」

政子に軍事のことは分からない。だがこの軍評定に鎌倉の命運が掛かっており、己れの決定がその命運を左右すること。そして、一座で最も賢いのが北条金剛であると分かっていた。

「金剛の申す通りです」

政子は一座に宣言した。

「大官令の策に従いましょう」

すると、政子に睨まれてへどもどしていた北条義時が、急に焦点が合ったように三浦義村へ眼を向けた。

「三浦殿、この金剛が」

突然に名を出された金剛が、びっくりして父の義時を振り返る。何を言いだすのか、とうかがったところ、北条義時は三浦義村にこう告げた。

「金剛が三浦殿の御嫡子（三浦泰村《やすむら》）と馬を並べていくさしたいと申しております。不肖のせがれの申し出なれど、御許容いただけませんか」

馬を並べて戦いたい、ということは、先陣争いがしたい、という意味だ。北条の嫡男の申し出ならば、三浦の嫡男にとっても不足はないはずだ。

父の意図を素早く察した金剛が、すかさず三浦義村に頭を下げる。

「伏して願い奉る、三浦殿」

北条父子の申し出を拒むわけにはいかず、三浦義村は嫡男の泰村《やすむら》を金剛と同陣させることを承知した。体よく人質に取られてしまった嫡男へ、軍評定の後、ひそかに義村は伝える。

「行きがかり上、こうなった。よくよくいくさの有様を見極め、もし鎌倉方が勝ちそうなら、本気で武州《ぶしゅう》（北条金剛泰時）と先陣争いせよ」

この軍評定で東山道、北陸道にも大将軍が送られることが決まったが、その勇ましさとは裏腹に、またもや諸将の間で、関八州に閉じこもる策が浮上し始めていた。

翌々日の五月二十一日、北条義時邸に飛んできた大江広元が強い口調で告げた。

「急がねばなりません。すぐにも金剛殿を出陣させなさい。率いる兵など何人でもい い。とにかく総大将の金剛殿が出陣したという事実が大切なのです。『金剛殿が出陣したぞ、遅れるな』と騒ぎ立てれば、みな泡をくってこれに続こうとするはずです。あちらでもこちらでも出陣騒ぎとなり、武士たちはみな玉突きされたように軍陣に押し出されていくでしょう。これが大事です。よけいなことを考える時間を与えてはいけません。考えさせるのは恩賞のことだけでいい。西国が丸ごと手に入る——と繰り返し武士たちを鼓舞するのがいい。京都にいた武士たちが、いつの間にやら官軍にされてしまったように、東国の武士は気が付けば鎌倉方になっていた、という風でなければなりません。武士の数なら東国の方が圧倒的に多い。勝てますよ、奥州殿」

北条金剛は武蔵国の兵が集まりしだい出陣することになっていたが、急な召還を受けて大江広元の待つ北条義時邸に駆けつけてきた。待ちかねていた広元が告げる。

「金剛殿、今すぐ京都に向けて発ちなさい」

金剛はむろん童名であり、三十九歳になっていた泰時を、今もその名で呼ぶのは、父の義時や尼御台政子、それに大江広元くらいだ。すでに叙爵《じょしゃく》されて武蔵守《むさしのかみ》だった泰時は、他の御家人たちから「武州殿」と呼ばれている。

呑み込みのいい北条金剛は、ただちにこれを了承し、こう言った。

「承知しました、覚阿大官令。なれど、三浦を放っておくわけにはいきません。急ぎ出陣を催促する使者を送らねば。三浦方から跡取り（三浦泰村）を引っ張り出したなら、すぐにも此処を発ちます」

引っ張り出されたのは、義村嫡男（三浦泰村）だけではない。その父である三浦惣領の義村も同じだ。嫡男が出陣した以上、これを無視するわけにはいかず、義村も軍陣を編成して金剛勢のあとを追う。三浦義村が出陣と聞いて、他の有力御家人たちも色めき立った。「三浦が出陣するならおれもする」とばかりに、次々と鎌倉を発っていった。ことに追討の宣旨が下された事実を北条義時に知られていた北条時房や足利義氏は、ことさらに鎌倉への忠誠を示さねばならず、北条金剛を追い抜く勢いで出陣していった。

すっかり老いさらばえた天野藤内遠景《とおかげ》も、嫡男の政景《まさかげ》を連れて出頭し、ふがふがと口上を述べる。何を言っているのか、はっきり聞こえなかったが、藤内の言いそうなことは、だいたいわかる。

「年老いた自分に代わって嫡男の政景を参陣させるので、首尾よく軍功を挙げたなら恩賞を賜りたい」とでも言ったのだろう。

故実朝に嫌われていた天野藤内遠景にとって、鎌倉の危急存亡を賭けたこの一戦は、めぐってきた千載一遇の機会なのだ。あらためて見やれば、その八の字眉は年老いるとともに欲深さが色濃くなってきたようで、実朝の死を喜んでいるとしか見えず、すっかり義時は興ざめしてしまった。

だが、いまは出陣の動機など問うているときではない。鎌倉を挙げての出陣空気を盛り上げているときで、天野藤内遠景の出陣志願は、歓迎すべき行動だった。

だから義時も勇ましくあおる。

「このいくさに勝てば、今まで京都のものだった西国は、全て我ら鎌倉のものだ。右幕下を超えるときぞ、天野藤内」

まるで鎌倉殿みたいな口の利き方をしたが、天野藤内遠景の白く垂れた八の字眉の下でギラギラ光るまなこは、目の前にぶら下げられて見え隠れする巨大な恩賞を見失うまいとのみしていた。

出だしは順調だった――が、北条義時はなんとなく引っ掛かるものを感じていた。何か忘れているような気がして急ぎ呼んだのは、金窪行親である。

「うまくいき過ぎている」と漏らしたきり押し黙った義時の顔を、金窪行親の視線が捉える。出会い頭に眼が合えば、見慣れてはいても、やはり冷やりとする眼つきだったが、それでも義時は押し黙っていた。

やがて金窪行親が言った。

「このたびの一戦は、いかに京都まで早くたどり着けるかに賭かっていると思います。京都の本院の予測を上回る速度で京都に達し、本院に何もさせぬうちに、その身柄を抑えてしまうことが鎌倉勝利の道かと」

無言でうなずいた義時がちょっと苦笑して、ようやく発した。

「金窪と大官令は同じだ。天子《てんし》を少しも怖れぬ」

すると金窪行親も破顔した。金窪は笑った方が怖い。

「大官令殿と同列に扱っていただけるのは光栄ですが、畿内の朝家や寺家の者は、たいてい天子も飯を食って糞を出すのを知っています」

身も蓋もない言い方をした金窪が、義時に問う。

「気になるのは三浦殿ですか」

「そうだ」

「ならば、わたしが武州様（北条金剛泰時）に同道しましょう。もはや武州様の隊は駿河国を過ぎていますが、今からただちに出立し、鞭鐙《むちあぶみ》を合わせて追い駆けます」

二

こうして金窪兵衛尉行親は北条武蔵守（金剛）泰時の本隊に従うことになった。金剛は父の義時とは違い、金窪に馴染みはない。だがなぜ義時が金窪を付けてきたのかを理解しており、その柔軟さをもって金窪を遇した。

東海道を駆け下る北条金剛の本隊に、義時の弟であり金剛には叔父に当たる北条時房の隊から問い合わせがあった。「尾張《おわり》国には熱田《あつた》神宮がある。勝利祈願の奉幣《ほうへい》を行うべきか。慎重を要する問題なので、対面して談ずべき必要があるのでは」というのである。

熱田神宮は源頼朝の生母の実家であり、素通りしては具合が悪いと判断したのだろうが、金剛は明快に時房へ返答した。

――対面して奉幣を議していては、いたずらに時を過ごしてしまいます。いまは一日一刻を争うときです。奉幣などして進軍を止めてはなりません。

大江広元の作戦の忠実な体現者である北条金剛にとって、関東の迷妄にとらわれていない金窪行親こそが伴走者だった。

その金窪が金剛に問い合わせる。「尾張国を過ぎれば、第一の正念場が待ち構えています。いかがしますか」と。

今度の北条金剛は、時房からの熱田奉幣の問い合わせのときと違って、進軍を止めた。時間を取って、金窪を対面の場に招く。

金窪の言う「第一の正念場」とは、尾張美濃《みの》国境であり東国西国の境界でもある木曽川水系に張られた官軍の防衛線だった。

鎌倉方の京都進撃に機先を制された京都方は、後手に回りながらも出撃してきたのである。

「勝ち負けは問題ではない」と金剛が金窪に言う。

問題は突破の速度だ。此処で引っ掛かってしまえば、京都への進撃速度も鈍ってしまう。

此処は東山道軍との合流地点でもある。東山道軍を率いる武田《たけだ》・小笠原《おがさわら》の諸将が、出陣の催促に応じたからといって、安心するのは早い。彼らが追討の宣旨を受け取っているのは間違いなく、京都と鎌倉を両天秤にかけているのだろう。木曽川水系を突破するのに手間取るようだと、武田・小笠原の東山道軍は矛を逆にして北条金剛の隊に襲いかかってくるかもしれなかった。

「鎌倉軍の本隊がどの渡河地点を取るのか、敵に知られないことです」

金窪が口を切ると、うなずいた金剛が返す。

「もし我らがどこから渡ってくるのか知らなければ、敵は全ての渡河地点を守らなければならなくなる」

木曽川水系には、十二もの渡河地点があった。大軍の渡河可能な地点だけでも八か所あったという。

「逆に言えば、我らの渡河地点さえ知っていれば、敵はそこに兵力を集中することができる」

金剛が謎をかけると、金窪の口調が変わった。

「本隊に小野玄蕃《おのげんば》なる武士がおります」

「うむ」

「この小野玄蕃、鎌倉におったため、武州様の隊に組み入れられました」

珍しいことではない。もし戦乱が勃発すれば、その場に居合わせた武士を無理やりにでも召集して軍陣を調えるのが当時のやり方である。

「その小野玄蕃なる武士、何者だ？」

「下総前司《しもうさぜんじ》（小野盛綱《もりつな》）の身内人です」

ならば京都方だ。下総前司の父である小野成綱《おのなりつな》は頼朝に縁があって、関東にも領地を得たのだが、下総前司は後鳥羽上皇に仕えている。

だが、いささか焦点がぼけてきたようだ。後鳥羽方も京都にいた関東御家人を召集しているたまたま鎌倉にいた下総前司の身内人が鎌倉軍に組み入れられても不思議はない。

「その小野玄蕃と、我らの渡河地点の秘密とが、どのような関係にあるというのだ。下総前司に官軍の指揮権はあるまい。しかも下総前司の持ち場は、此処ではない」

「小野玄蕃の出自を調べました。今は下総前司の身内人ですが、元の名は津久井太郎《つくいたろう》です」

「ほう」

「津久井が三浦の支族なのは、武州様も御承知の通り」

「金窪はその小野玄蕃こそが、三浦平九郎殿の使者として京都の内情を三浦の惣領

（三浦義村）に通報したうえに、我らの隊に間諜《かんちょう》として紛れ込んで、三浦平九郎殿に我らがどこを渡河するのか注進するつもりだと言うのだな」

「御意」

一礼した金窪の視線が、西の方角に向けられる。

防衛線を張らんと出撃してきた官軍には、鎌倉が首魁《しゅかい》と指弾した藤原能登守秀康とともに三浦平九郎胤義もいた。たとえ両者が後鳥羽上皇の走狗《そうく》であったとしても、出撃してきた官軍の指揮権は、藤原能登守秀康だけではなく三浦平九郎胤義にもあった。しかも両者の関係は密だ。もし三浦平九郎に鎌倉軍渡河地点の情報が入ったなら、すぐに藤原秀康へも伝わるだろう。

「金窪、なぜ小野玄蕃に眼を付けた」

「鎌倉にいたからです」

金窪行親の返答は説明不足に思えたが、何を言わんとしているのか、すぐに北条金剛は察した。

「小野玄蕃は何と理由をつけて東国に下ってきたのだ？」

「下総前司には安房国に所領があります。当国の官物を上漕するとして下ってまいりました」

「なるほど」

うなずいた金剛が、金窪に続きをうながす。

「安房国の官物を上漕する船は、いったん鎌倉の港に入ります。これは恒例であり、あやしまれることはございません。小野玄蕃が眼を付けたのは、その点でしょう。ですが小野玄蕃は安房国には行っておりません。ずっと鎌倉にいたのです」

「なぜ安房国に官物を受け取りに行っていないとわかった」

「鎌倉の港で人夫を雇った形跡がないからです。官物の積み下ろしは、人夫がいなくてはできません。鎌倉に入港した船は必ず人夫を雇います。これは安房の官物船も同じこと。にもかかわらず今度にかぎって小野玄蕃の官物船は、人夫を雇っていないのです」

金窪行親の説明を聞いた北条金剛が、何事かを思案するように宙を睨み、やがて言った。

「金窪の申すことには信憑性がある。だがいま金窪が申したことだけで、小野玄蕃を間諜と決めつけるわけにはいかんな。承知の通りわが軍は、寄り合い所帯だ。わが軍には京都方だった者も多い。もし小野玄蕃を間諜と決めつければ、それらの者たちにも深刻な動揺が走る。その動揺が全軍の士気に及ぼす影響も無視できない」

「ならば」

あくまで冷静に金窪は応じた。

「小野玄蕃が正体を現すまで、本人に悟られぬよう監視を続けるのがよろしいかと。討ち取るのが正体を現したあとならば、全軍の士気に悪い影響を及ぼすのも避けられます」

「その仕事、頼めるか、金窪」

「はい」

仕事人らしく、金窪は短く答えた。

三

初めから小野玄蕃に眼を付けていれば、いつ彼が鎌倉軍を離脱して三浦平九郎のもとへ奔《はし》るかなど、容易に予測できた。

北条金剛の本隊の渡河地点が決まった時である。

僅か十数騎で鎌倉を出陣した金剛の本隊だったが、道中引きも切らず鎌倉方の武士たちが馳せ参じて雪だるま式に膨れ上がった結果、尾張国府を過ぎるころには、大変な大軍となっていた。

大軍が渡河するには、事前に順番を決める手分けをしておかねばならない。このとき渡河地点も明らかになるのだ。

大豆戸《まめど》の渡しだ。

小野玄蕃が動き出したのはこのときだった。身内の郎等十九騎を率いただけで、ひそかに北条金剛の本隊を抜け出す。金窪行親に監視されているとも知らずに。

小野玄蕃が脱走するや、ただちに金窪行親はこれを金剛に急報し、金窪の同類たちを率いて、小野玄蕃一味の跡を追う。

まるで脱走を待っていたかのような追跡に、小野玄蕃たちは慌て騒ぐ。

――とても逃げ切れぬ。

小野玄蕃の十九騎から聞こえた気がして、金窪勢はほくそ笑む。標的をとらえた、と思った。小野玄蕃ら十九騎の向きが変わる。金窪勢に向かってくるかと思いきや、なんと十九騎は金剛本隊の先に布陣していた、最も恐るべき敵であるはずの北条相模守時房の隊に駆け込んでいってしまった。

――しまった！

今度は金窪行親から聞こえた気がした。

官軍の支配地である木曽川水系の向こうまで逃げ走るつもりだと、金窪は思っていたのだ。窮鼠猫《きゅうそねこ》を嚙む、のように相打ち覚悟で金窪勢に向かってくることも頭に入れていた。

だが、北条時房の隊に駆け込んでしまうとは思わなかった。

時房は金剛の次将だ。こんなとき最も逃げ込んではいけない隊に思えたが、よくよく考えれば、危急のさいに逃げ込む場として、時房の隊ほどお誂《あつら》え向きの場所はない。

北条時房は一門の惣領たる義時の弟であり、この一戦の総大将を務める金剛泰時の叔父である。その権威は重く、たとえ金剛の使者であっても、他の隊のように許可なく踏み込むわけにはいかないが、時房隊も金剛隊と同じく混成部隊であり、各地からいろいろな武士たちが馳せ参じているため、同じ隊に属しながら互いの顔すら知らず、小野玄蕃のような者たちが紛れ入っても分からない。

紛れ入った敵の間諜をあぶりだすためには、隊に踏み込んで捜索しなければならないが、相手が北条時房では、もし間諜を捜索する必要があるならば、その旨を願い出て面倒な手続きを踏まねばならず、そんなことをしているうちに、小野玄蕃は悠々と官軍の支配地まで逃げのびてしまうだろう。

「下手《へた》を打ったな」

不敵な金窪が表情に色を出す。咄嗟の策を思いめぐらせたが、妙案が浮かばず、いつもの金窪らしくない苛立った舌打ちをした。手をこまねいて時房隊の前に立ち尽くす金窪の前に、いきなり現れたのは、北条時房から直に遣わされた使者だった。

使者がこともなげに金窪へ言う。

「事情はすでに武州様（北条金剛泰時）よりうかがっております。事前の手続き抜きに、急ぎ我が隊へ踏み込んでください。我が隊の権限は全て武州様の代理たる貴殿に委任しますので、存分に間諜を捜索なさって結構です。あるじ相模守は全てを承知しております」

「かたじけない」

金窪は生まれて初めてと言っていい安堵の表情を浮かべながら、間諜が時房隊に紛れ入ることまで想定していた北条金剛に舌を巻き、同時に北条時房の柔軟で素早い対応にも見る眼を新たにする。

しかも金窪勢の捜索は、すぐに埒《らち》があいてしまった。北条時房の使者が知らせてくれたのである。時房隊から離脱して東海道を西に向けて駆け走っていった一団があったことを。

一団を追跡しようとした金窪勢に、北条時房は脚が速く元気な軍馬を追跡用に与えてくれただけでなく、地元の内田党を案内役に付けることまでしてくれた。

地元の地理に精通した内田党の案内を受け、元気いっぱいの健脚馬を疾走させた金窪勢は、たちまち逃走する一団との距離を詰めていった。

視界に標的をとらえたとき、内田党の棟梁《とうりょう》が小声で金窪に質す。

「間違いないですか」

金窪は、一団に小野玄蕃の姿を見つけて、内田党の棟梁にうなずいてみせる。

「かたじけない。御礼の代わりに、軍功は全て其方にお譲りいたす」

そう答えた金窪が、小野玄蕃に向かって馬を進める。その姿を見とめた小野玄蕃が、金窪に向かって大声で呼ばわってきた。

「我は下総前司の身内人にて、小野玄蕃と申す者」

「知っている」と、金窪は首を縦に振る。

「この小野玄蕃、主君の下総前司のもとに馳せ参じんとしたが、此処にて運も尽きた」

また金窪が首を縦に振る。

「わしはこの場にて果てるが、わしの最期を下総前司に知らせる者を遣わすこと、お赦《ゆる》し願いたい」

初めて金窪の首が横に振られた。

「なぜだ。武士の情けをわきまえぬか」

怒鳴った小野玄蕃に向かって、金窪は言い返す。

「おれは武士ではない。童子《どうじ》だ。それに――」

金窪は続けた。

「貴殿の使者の行き先は下総前司ではない。三浦平九郎殿だ」

これを聞いて小野玄蕃は絶句する。金窪行親が全てを知っていると悟ったのだ。小野玄蕃が従う十九騎を振り返ったのを見て、金窪も内田党を振り返った。

「御存分に働き召されよ。敵の首は残らず御辺《ごへん》らのものだ。我ら一切手出しいたさん」

四

木曽川水系の西に位置する美濃国まで進出していた官軍の大将、藤原能登守秀康が苛立った様子で、次将の三浦平九郎胤義に問う。

「三浦殿、北条本隊の渡し口、いまだに分かりませぬのか」

三浦平九郎が沈痛な面持ちで答える。

「どうやら、誰が使者なのか、北条方に勘付かれてしまったようです」

三浦平九郎の返答を聞いて、藤原秀康も唇を嚙む。しばらく宙を睨んで黙考していたが、やがて絞り出すように言った。

「ならば致し方ない。全ての渡し口に固めの兵を送ろう」

そのときである。地元、美濃国の武士で、主戦強硬派の山田次郎重忠《やまだじろうしげただ》が、両将の間に荒々しく割り込んできた。

「それはなり申さぬ。さようなことをすれば、守りの兵が薄くなり、やすやすと鎌倉勢に守り口を突破されてしまい申す」

いきなり割り込んできた山田重忠に、気分を害した様子で、藤原秀康が言い返す。

「残念ながら鎌倉方に先手を取られてしまっている。しかも鎌倉方は我らに倍する大軍で、もうすぐそこまで来ておるのだ。今から兵数を逆転する方策を図る猶予《ゆうよ》もない。そのうえ、鎌倉勢が、どの渡し口を越えてくるのかも分からぬのじゃ。他に軍策など、どうしてあろうか」

すると山田重忠は、藤原秀康を睨み据えて応じた。

「軍策ならござる」

「たわけたことを」

吐き捨てた秀康へ食らいつくように、口角泡を飛ばして重忠は発した。

「なぜ鎌倉勢が渡河してくるのを待ち受けねばならんのですか、我らの方が河には近い。渡るつもりなら、我らの方が先に渡れる。いま鎌倉勢は尾張国府を過ぎたあたりじゃ。どうやら武州（北条泰時）の本隊に相州（北条時房）の隊も合流したらしい。ならば敵の図体もでかくなり、我らが見誤ることもなくなる。先に河を押し渡り、まっしぐらに敵の本陣を衝いて武州の首を挙げるべし」

山田重忠の熱にうかされたような言葉を聞いて、藤原秀康よりも先に、これを遮ったのは三浦平九郎である。

「気でも狂ったか、山田殿」

山田重忠を押さえつけんばかりに、三浦平九郎が声高に言った。

「鎌倉勢の兵数の方が圧倒的に多いのだ。我らの二倍三倍と聞いておる。そんな大軍とまともにぶつかって勝ち目があるとお思いか。しかも山田殿は、我が兄が率いる三浦勢のことも足利勢のことも忘れておられる。両勢とも武州の本隊の近くを行軍しているというのに。山田殿が武州隊を見つける前に、三浦隊や足利隊が山田殿を見つけるかもしれんのですぞ。大河は前に当てれば渡河してくる敵を防ぐ堅固な堀になるが、こちらの方から渡河して背後にすれば退路を塞ぐ恐ろしい陥穽《かんせい》に変わる。加えて河の向こうは東国——敵地であるにもかかわらず、鎌倉勢の様相もろくに調べずに、突っ込もうというのか。背水の陣というにはお粗末すぎる」

「それだけではない」

今度は藤原秀康が続いた。

「貴殿は東山道軍のことも忘れておられる。もう東山道軍は尾張美濃の国境付近まで来ておる。鎌倉勢に突っ込めば、背後を東山道軍に取られることになるのですぞ」

「それよ、それ。東山道の軍勢を率いる武田・小笠原の諸将よ」

山田重忠は気を屈した様子もなく、藤原秀康と三浦平九郎を眺め渡した。

「なぜ、東山道軍が我らの背中を襲うとお考えか」

俄かに一座がざわつく。藤原秀康と三浦平九郎が顔を見合わせ、平九郎が心をざわつかせながら、期待に満ちた声を山田重忠へひそめた。

「山田殿、東山道の諸将に調略を行ったのか」

「いや、残念ながらその猶予がござりませなんだ。あまりに急に鎌倉方が攻めてまいりましたからな。なれど、こちらから渡河して鎌倉勢に攻めかかれば、きっと東山道の諸将も気が変わって錦の御旗の下に馳せ参じましょう」

腰を浮かせていた三浦平九郎が、がっくりと肩を落とす。大きく溜息をついて山田重忠を見やれば、「小さいことにこだわるな」と言わんばかりの顔つきである。あまりの脳天気ぶりに腹を立てた藤原秀康が、皮肉たっぷりに応じた。

「確かに気が変わるかもしれぬ。奇跡が三度くらい起きて、御辺の方が勝ったならばな」

藤原秀康と三浦平九郎から渡河突出を強く反対され、山田重忠は癇癪を起こした。

「身を捨ててこそ浮かぶ瀬もあれ――ではござらぬか。屁理屈をこね、座して鎌倉勢を待っておったとて始まらん」

握りこぶしを振り回す山田重忠へ、藤原秀康が怒鳴り返す。

「御辺のおめでたさは極め付きじゃ。もう少し頭を冷やして策を考えられよ」

すると山田重忠は顔を真っ赤にして、藤原秀康と三浦平九郎を非難した。

「御両所はお上《かみ》（後鳥羽上皇）への忠誠心が足らん。だから命を惜しむのだ」

売り言葉に買い言葉で一座は泥仕合の様相を呈してきたが、三浦平九郎が藤原秀康を押し止める。

これから防衛陣を築かねばならなかった。まだ河の淵瀬《ふちせ》すら確かめていない。淵瀬を確かめたなら河中に撒菱《まきびし》を植え、乱杭《らんぐい》を打ち込み、綱を張り渡さねばならない。河岸の形状を検分して、場合によっては逆茂木《さかもぎ》を引かねばならなかった。しかも鎌倉勢がどの渡し口から渡河してくるかわからぬ以上、木曽川水系の八か所すべての渡し口に防衛線を張らねばならず、内輪揉めしている場合ではない。

「能登殿、時間がない」

平九郎から諫《いさ》められ、秀康も冷静さを取り戻す。

藤原能登守秀康と三浦平九郎胤義に率いられた官軍は最善を尽くしたものの、出だしで大きくつまずいてしまい——追討の宣旨に鎌倉方が京都進撃で応えると予測できず——準備不足だったうえに、鎌倉勢の渡河地点を事前に把握することにも失敗してしまった。

北条金剛の本隊が、大豆戸を渡るつもりだと、ようやく分かったときにはもう遅い。同じとき、北条金剛が叔父の北条時房に言い送っていた。

——東山道軍が様子見をしている。渡河に手間取れば、東山道軍を率いる武田・小笠原の諸将の異心を招く。武田・小笠原の衆に働かせるために心して掛かるので、叔父御もそのつもりで。

北条金剛の本隊は叔父の時房の隊と心を一つにして、薄くならざるを得なかった大豆戸の防衛線を一気に突破せんとする。

様子見をしていた東山道軍の武田・小笠原の諸将も、北条本隊の動きにあおられて、様子見の場から引っ張り出される。慌てて北条本隊の跡を追ったものの、ただ後ろからくっついていっただけでは、何の手柄にもならない。眼の色を変えた武田・小笠原の衆は、北条本隊を追い抜く勢いで最前線を渡河していく。防衛陣を布く官兵の抵抗に遭い、討死も続出したが、構わず河を押し渡っていった。

大豆戸の防衛線が破られたことは、あっという間に他の渡し口にも広まってしまった。八か所の渡し口は尾張美濃国境の南北に広く散らばっており、他の渡し口に敗報がすぐに伝わることはなかったはずだが、官軍の諸将は大豆戸の渡しが木曽川水系の上流に位置することを見落としていたようだ。

下流の渡し口に、敗戦の証拠がいろいろと流されてきたのだ。見覚えのある軍旗――味方の軍旗――ばかりが流されてくれば、合戦の結末も容易に想像がつく。

こうして木曽川水系に張られた官軍の防衛線を迅速に突破した鎌倉軍は、刻一刻と京都に迫っていった。

五

そのころ、鎌倉の義時邸に落雷があり、匹夫《ひっぷ》一人が即死した。

鎌倉軍進撃の首尾やいかにと息をひそめていた義時が、たまげ畏れて呼んだのは、大江広元である。

すぐに広元はやって来た。追討の宣旨が下されて以来、生き生きとしてきた広元は、足さばきまで昔より軽やかになったようだ。

その広元を待ち受けていた義時が、泡をくったように尋ねる。「もしかしたなら、これは天子を傾け奉らんことへの祟《たた》りではないか。天運が尽きてしまった兆候ではないのか」と。

すると広元は、堂々と請け合ってみせるのだ。

「懼《おそ》れることなど何もない」

神仏の託宣《たくせん》を聞いたように、義時の顔に安堵が宿る。

「落雷はこの鎌倉にとっては、むしろ佳例。かつて右幕下が奥州征伐に出陣されたおりにも落雷があった」

あくまで自信に満ちた広元に、すっかり義時は勇気づけられたようだ。

「まぁ先例は明らかなのだが、念のために占ってみられたらどうか」

ここで広元の息のかかった陰陽師たちが、ぞろぞろと入ってくる。みなで景気よく占ってみせ、すっかり不安の消えた義時は、京都に向かって進撃中の鎌倉軍へ気持ちを切り替える。

義時邸を退出した大江広元が招かれたのは、尼御台邸だ。広元と対面した政子が頭を下げて礼を述べた。

「小四郎が」

いまも義時を「小四郎」と呼ぶのは政子一人だ。

「小四郎が世話を焼かせてしまって」

「なんの。奥州殿はこの鎌倉の権柄を取る重責を担われております。右幕下の恩を受けた身として、奥州殿をお助けするのは当然」

「いやいや、大官令でなくては務まらぬこと」

いま一礼した政子が、かぶりを振りながら続ける。

「若いころから小四郎は、ああでした。右幕下の貫禄を、少しは見習ってくれればいいのですが」

「いや、右幕下のような貫禄がないからこそ、奥州殿はいまの鎌倉の権柄が取れるのだと思います。右幕下だけではない。右府将軍（実朝）も、常にピリピリしておられた。右府将軍のお気持ちを忖度するなど畏れ多いことですが、あれほどの緊張感に人は長く耐えられるものではありません」

「大官令は小四郎のためを思って言ってくれているのでしょうが」

なおも政子は眉をひそめたが、広元は淡々と続けた。

「あの貫禄のなさが、奥州殿の武器なのではないでしょうか。人を安心させる雰囲気があります。敵を油断させる風情と言っていい。だがどうして、奥州殿には余人の及ばぬ視野の広さがあります。何が起きても俯瞰《ふかん》できる眼力の持ち主です。だから何もしない方が良いときは何もしない。生まれ持った視野の広さがあるから、切所をあやまらない。人というのは切所に遭うと、たいてい視野が狭くなって周りが見えなくなってしまう。まぁそれゆえに奥州殿はお上（後鳥羽上皇）と御自身の違いも客観的に見てしまわれるのでしょうが。また何より奥州殿は――」

いったん口をつぐんだ広元が、政子へ意味ありげな視線を送る。先をうながされて広元はしみじみと言った。

「運がいい」

政子は苦笑したが、広元は笑わなかった。

「人はそれがいちばん大事です」

六

木曽川水系の官軍防衛線を軽々と突破した北条金剛率いる鎌倉軍は、六月の半ばには早くも京都をうかがう地点にまで達していた。

宇治《うじ》、瀬田《せた》は古くから京都への関門として知られている。此処に官軍は鎌倉軍の京都突入を防ぐ最後の防衛戦を張っていたが、北条金剛と鎌倉勢の前に立ちはだかった最大の敵は官軍ではなかった。

雨である。季節は六月半ば（陰暦）だったが、梅雨は明けるどころか、よけいに繁くなっていった。連日の雨によって宇治川が大氾濫を起こし、宇治・瀬田まで迫った鎌倉勢の行く手を濁流が塞いでいたのだ。

それまで一切口出しをしなかった三浦氏の惣領義村が、金剛に意見してきた。

——此処まで来た以上、鎌倉方の勝利は確実だ。無理をしない方がいい。

他の諸将も三浦義村に同意見だった。若いころから石橋を叩いて渡るように慎重だった北条金剛であれば、意見されるまでもないかと思いきや、金剛は強くかぶりを振ってみせたのだ。

「しかず」

初めて金剛がみせた強硬な態度に、諸将みな息を呑む。

もしや、と思い当たった者もいた。金剛の三浦義村に対する疑念である。だが金剛は同陣した義村嫡男（三浦泰村）を通して、三浦義村が弟の三浦平九郎と袂《たもと》を分かったことを把握していた。鎌倉を出たときは奥歯にものが挟まったような態度だった三浦泰村が、俄然やる気を出してきたのである。

小野玄蕃の失敗も絡んでいるのかもしれないが、むろん金剛は義村に対しても泰村に対しても、そんなことはおくびにも出さない。

だが三浦の惣領父子に対して、そこまで用心深く振る舞う金剛が、一刻も早い入京を主張して譲らなかった。

「なれど宇治川は、十年に一度の大洪水にござる」

諸将の一人が金剛をたしなめようとしたところ、金剛はそれまで見せたこともない形相で言い返してきた。

「それがどうした」

北条金剛は総大将である。一座は沈黙してしまった。

――本当にやる気か。

諸将はなおもいぶかしんでいたが、金剛は容赦なく突入を命じる。鎌倉方の武士たちは総大将金剛の号令に追い立てられるように、次から次へと突入していった。

六月十三日、最初の攻撃があった。宇治・瀬田には橋梁があり、本陣の金剛にあおられた鎌倉武士たちは、考えもなく目の前の橋を渡ろうとした。

当然のごとく、橋板は剥がされ、川を渡った向こうには垣盾が築かれており、それらの垣盾からは、渡ってくる鎌倉武士たちに狙いを絞った矢群が、踵を接して揃えられていた。

そこを馬鹿正直に押し渡ろうとしたものだから、息つく間もなく放たれる矢の集中攻撃を浴びてしまい、這《ほ》う這《ほ》うの体《てい》で退く。

そうなるのが当たり前である。だが金剛は顔色も変えずに、再度の突入を指示した。翌日の十四日である。

とはいえ、二度と橋を渡る気になれない。

そこで今度は馬を川に乗り入れての渡河に切り替えた。

「我ら、木曽の大河を押し渡ったのじゃ。へなちょこの宇治川など、ものの数ではないわ」

豪放磊落《ごうほうらいらく》と言いたいところだが、宇治川が「へなちょこ」である根拠はなにもない。

勇ましく馬に鞭打って、ざんぶと濁流に乗り入れた武士たちの多くは、たちまち濁流に呑まれてしまった、

渡河を前に、一族郎等揃って、氏神の名を唱和した一団がある。

「ご加護を賜らんことを」

惣領らしき武士が天を仰ぎ、みな轡《くつわ》を並べて一気に馬を乗り入れるや、あっという間に濁流に呑まれてしまった。

周りの武士たちが、啞然とその光景を見やる。しばらく待ったが、誰ひとり二度とは浮かび上がってこなかった。ただ濁流が轟々と不気味にうなり続けるだけである。

そこは特別に深い淵だったと、あとで分かったが、淵瀬も知らずに運を天に任せて突っ込めばどうなるかは推して知るべし、である。

武士たちを次々と溺死に追いやっている渡河戦を、本陣の北条金剛は顔色も変えずに検分していた。

ふとその脳裏をよぎったのは、祖父の時政である。

金剛は時政をよくは知らない。だが尼御台政子から、聞かされたことがある。金剛が生まれる以前、時政は天城山中の材木を筏《いかだ》に組んで狩野川に流していたと。

そのころから時政の評判は良くなかった。時政は狩野川で筏を引かせるために、狩

野川が危険な川であることを、新来の筏引きに隠していたという。狩野川では筏引きの遭難が相次ぎ、筏の引手が足りなくなったため、時政は新来の筏引きを騙して連れてきたそうだ。

祖父時政に思いをはせた金剛に苦笑がにじむ。聖人君子ぶりが評判の金剛は、それとは正反対の評判を取っている時政とは比べものにならぬほど、情け容赦がない気性だったようだ。

宇治川を渡りかねて罵り騒ぐ鎌倉勢は、金剛の側近に眼を付けたようだ。春日貞幸《かすがさだゆき》である。彼なら渡瀬を知っているのではないか、と睨んだのだ。

「知らん、知らん」

貞幸は食い下がる武士たちを追い払おうとしたが、そんなことであきらめる鎌倉武士たちではない。かえって付きまとう武士たちが増え、武士たちの間で喧嘩が始まった隙に、春日貞幸が宇治川に馬を乗り入れた。いがみ合っていた武士たちは、一歩遅れたものの、「それ」と、先んじた貞幸の跡を追う。

ようやく決死の渡河に成功して向こう岸にたどり着いてみれば、そこに待ち受けていたのは防戦の山法師《やまぼうし》（延暦寺《えんりやくじ》の僧兵）たちだった。窮地に追いつめられた後鳥羽上皇は、山門《さんもん》（延暦寺）に助けを求めたが、天台座主《てんだいざす》から協力を拒絶されていた。だが寺社が一枚岩であったためしはなく、座主の意向に関係なく、官軍に味方する坊院もあったのである。

関東は武士の本場であり、その精強さは他の追随を許さないと評判だったが、それはあくまで騎馬合戦での話である。やっとの思いで渡河した鎌倉武士たちの多くは馬を失っており、徒歩で山法師と戦わねばならぬ羽目に陥った。徒歩ならば薙刀《なぎなた》を得意とする山法師の方が、定寸《じようすん》の太刀を使う鎌倉武士よりも圧倒的に強い。

渡河に失敗して溺死し、山法師の薙刀に斬り伏せられて、鎌倉勢は散々な目に遭ったが、それでも官軍との圧倒的な勢いの差によって、力でねじ伏せ勝利をおさめる。

本陣の北条金剛は、傍近くに居合わせた足利義氏とともに、近在の民家を壊して造った筏に乗って渡河する。三浦泰村の姿は見えなかったが、もはや金剛も三浦一門の去就を案じてはいない。この期に及んで三浦平九郎に内通するなどありえず、鎌倉方勝利に乗り遅れまいとした泰村は、手柄を挙げんと血まなこになって、本陣を離れたのであろう。

渡河した北条金剛は、同日夕方に洛中を目前にした深草《ふかくさ》河原に陣取る。三浦父子、北条時房も相次いで渡河に成功したようだが、洛中が目前の深草河原まで進出した金剛は、親鎌倉派筆頭公卿《くぎよう》の西園寺公経にしか居場所を知らせず、金窪行親を呼んだ。

洛中の様子を探るためである。洛中に入るには、濁流に淵瀬を隠された渡河と同じくらいの慎重さを要した。かつて童子だった金窪行親を通して、洛中で何が起きているのか把握してからでなければ、迂闊《うかつ》には進駐できなかった。

帰洛した後鳥羽上皇が高陽院《かやのいん》と四辻殿《よつつじどの》のどちらに戻ったのか。および洛中のどこに両御所があるかなど最も重要な情報に加え、公卿衆の動向ならびに官軍方武士たちの逃走路や潜伏地を確認した金剛本陣へ、一人の京童《きようわらわ》が訪ねてくる。新たな洛中情報を得たという。

「おかしいな」

金窪行親の眼つきが、鋭く変わる。

「なぜその京童は、此処へ来たのだろう。まるで此処が武州様（金剛泰時）の本陣と知っているかのようだ」

「そ奴、わたしの居場所を確かめに来たのか」

金剛が金窪に尋ねる。

「そうかもしれません」

金剛へうなずいてみせた金窪が応じる。

「おれが会ってみましょう」

その京童は金窪がカマをかけると、すぐにこれに乗ってきた。「武州様へ直に申し上げよ」と勧めたところ、しめたとばかりに、これに乗ってきたのである。

金剛の上洛は初めてだったにもかかわらず、その京童は金剛の人相を知っていた。分からぬふりをしてみせていたが、わざと他の諸将も居並ばせていたにもかかわらず、迷わず眼を向けた先が金剛だったのを、金窪は見逃さなかった。

「北条武蔵守である」

何の警戒もしていない顔で金剛が名乗り、居並ぶ諸将が退出して、上座には金剛一人となった。諸将退出に京童が気を取られた隙に、金剛と対面する形の京童から下がった位置に控える郎等衆の中に、金窪は紛れ入る。京童の背後から、さりげなくその背中をうかがえば、上座の金剛と眼が合った。

その京童がもたらしたのは、三浦平九郎の潜伏先についての情報だった。三浦平九郎については、その兄である三浦義村から、潜伏地どころかその首をもたらす旨の注進があったが、北条金剛は素知らぬふりで、京童の言葉を聞いていた。

列座の郎等衆と居並んだ金窪が、自分の着ていた直垂《ひたたれ》から括《くく》りの緒をするりと抜き取った。その括りの緒が金窪の両手で、ピンと張られた縄となり、音もなく金窪は立ち上がる。京童へいちいちうなずいてみせる金剛には、金窪が何をしようとしているのか見えていたはずだが、金剛の表情がその動きにつられてしまうことはなかった。

気配を消した金窪が、京童の背後から、いきなりその首に縄を掛ける、抵抗する間を与えぬ早業だ。能面のような金窪の顔が揺れ、白眼を剝いた京童から、ぐっと喉の詰まる悲鳴が上がっても、金剛の表情は変わらない。ただ、うなずくのをやめただけだ。

締め上げたかとみるや、京童の眼玉と舌が同時に飛び出し、首を傾げるような姿勢のまま動かなくなった。ちらと京童の死顔を見やった金剛が、金窪に問うた。

「そ奴、誰の回し者だ」

「わかりません――わかりませんが、死人に口なし、です」

敵が誰であろうと、此処に布陣するのが北条金剛泰時だと知られてはならなかった。鎌倉勢は大軍だったが、いまだ大半は宇治川を渡り切っていない。北条泰時の居場所を知られて、敵の夜襲を受ける事態を恐れねばならないのだ。

金窪は絞殺した京童の死体に括りの緒の縄を掛けたまま祇園社《ぎおんしゃ》の門前に捨てるよう、手下に命じた。

「これが京童の間で行われる裏切り者への見せしめです。他にも武州様の居所をつかんでいる者がいるかもしれません。こうしておけば敵の攪乱《かくらん》にはなるはず。秘密は一晩もてばいいのですから」

金窪の言上を涼しい顔で聞いた金剛が、重々しく応じた。

「本院の玉体を確保するまで、いくさは終わりではない」

だから危険を承知で、金剛みずから最前線まで出てきたのだ。

「詰めをあやまるまいぞ」

七

翌十五日、深草河原に布陣していた北条金剛の鎌倉勢は、初めて洛中に入るはずなのに、あやまたず後鳥羽上皇の仙洞御所を包囲した。すっかり観念した後鳥羽上皇は、とうとう追討を取り消す宣旨を出す。ここに治天の君として絶大な権力をふるった後鳥羽の治世は終焉を迎え、鎌倉方の手に落ちた後鳥羽は、その意のままに宣旨を出すしかなくなった。

鎌倉方は追討の宣旨の上卿《しょうけい》を務めた葉室光親《はむろみつちか》だけでなく、後鳥羽上皇が鎌倉追討に当たって院近臣《いんのきんしん》の誰に親書を下したのかも突き止めており、これらの院近臣を張本公卿として逮捕した。

あとは後鳥羽上皇その人の処分である。本朝で最高の貴人を罰するのだから、よほど慎重にやらなければならない。ほんらいは臣下にすぎない者たちが順逆を超えて治天の君を罰するのだから、罪状は「天道に対する謀叛」しかなかった。

天子の最も重い罪は、遠島《おんとう》だ。先例がそうであり、鎌倉からも先例を守るようにとの指示があった。

問題は誰が後鳥羽上皇に遠島の罪を下すか——である。北条義時でいいじゃないか、という意見も出たが、鎌倉では義時が尻込みしているらしい。

ここは鎌倉の傀儡《かいらい》として新たな治天の君を立て、その新たな治天の君によって後鳥羽上皇に遠島の罪を下すのが妥当だ、との指示が鎌倉から追着した。おそらく指示の出所は大江広元だろう。

そこで新たな治天の君を立てねばならなくなったが、いま鎌倉の京都占領軍が最も優先すべきは、新しい天下の到来を世に示すことである。そのためには、これまで天皇家の正統であった後鳥羽直系を徹底排除しなければならなかったが、そうなると、とたんに新たな治天の君の人選が難しくなってしまう。

天皇に在位したことのない治天の君はおらず、後鳥羽の直系以外に天皇在位者はいないのだ。

さすがの金剛も妙案が浮かばなかったが、ここで役立ったのは叔父時房の破廉恥《はれんち》とも言い換えられる臨機応変ぶりだった。

「発想の転換です」と宣言した時房は、後鳥羽の立てた仲恭《ちゆうきよう》天皇を退位させたあとの、皇位継承者から探し始めた。これもなかなかいない。治天の君が後鳥羽だったからだ。ようやく見つけたのが、出家する直前だった茂仁王《とよひとおう》という皇子だ。大急ぎでその皇子を皇位に就ければ（後堀河《ごほりかわ》天皇）、その父が治天の君ということになる。後高倉院《ごたかくらいん》だ。

――しかし後高倉院は天皇に在位したことがない。

世評を気にする金剛は難色を示したが、時房は「いいのです。いいのです。後高倉院が天皇の父君であることに変わりはありません」と、そもそも皇位に就けた後堀河天皇がお手盛りであったことには口をぬぐって、押し切ってしまった。

まだ実朝の時代に時房は政子に従って上洛し、冷泉宮（後鳥羽上皇の皇子）を竹御所（源頼家の遺娘）の婿に迎える交渉を行った経験があった。後鳥羽上皇が実朝の死によって態度を急変させ、冷泉宮の鎌倉下向の約束を反故《ほご》にしてしまったときも、上洛して交渉したのは時房だった。時房は巧みに交渉相手を西園寺公経に切り替え、三寅を次の鎌倉殿として連れ帰る臨機応変さを見せた。「ごまかす」のが、うまいのである。

また金剛は祖父時政を思い出さざるを得ない。時房は人当たりがよく、政子に言わせれば「北条家の中で一番の男前」である。癖が強く「ふとったタヌキ」と陰口された時政とは似ても似つかぬようだが、時政の生まれ変わりなのは、どうやら時房らしい。

策におぼれた時政は義時に足元をすくわれ、伊豆に幽閉されて一生を終えたが、これから京都占領という難しい任務を負わねばならぬ金剛にとって、時房はなくてはならない連携者である。

「あの叔父御は頼りになる。だが油断はできんな」

金剛には直感的に時房の本性をつかむことができた。なぜなら彼もまた、時政の血を享けた孫だからである。父の義時が時政に対したように、金剛も時房に対さねばならなかった。

八

こうして北条義時は、鎌倉にいながらにして、京都朝廷を代表する後鳥羽上皇に勝ってしまった。陸奥守だった義時はさらに高い官位を勧められたが、大江広元や京都の金剛に止められ、その代わりに鎌倉執権《しっけん》として「太守《たいしゅ》」と称されるようになった。

追討の宣旨で後鳥羽から「義時」と名指しされたことが、かえって北条義時が鎌倉の主だと天下に印象付ける結果となったのである。

和田合戦に勝ったのは実朝のおかげ、承久の乱に勝ったのは大江広元のおかげ——だったかもしれないが、最後の勝利は北条義時の手に帰した。

もはや義時は心の中でも「運がいい！」とは叫ばなかった。その代わりに京都から大勢の陰陽師たちを招き寄せる。かつて実朝が陰陽師たちを京都から招いたとき、これを陰で否定していたにもかかわらず——それらの陰陽師たちの身固めのすぐ後に、実朝が遭難したのを目の当たりにしていたにもかかわらず——実朝の身固めに失敗した陰陽師たちが、後鳥羽上皇から叱責され、残らず解職されて京都に送還されてしまったにもかかわらず——である。

事あるごとに義時は陰陽師たちを召集して、泰山府君祭《たいざんふくんさい》だの何だのをさせる。鎌倉を守る祭りを、やたらと執り行わせた。三寅の衣服にカラスの糞が落ちたときなど、大騒ぎで陰陽師たちを呼ぶのだ。当の陰陽師が苦笑しているのに、義時は占えと言って承知しなかった。

陰陽師の勘文《かんもん》に納得できないときは、素人のくせに占形《うらかた》を取り寄せ、ああだこうだ、と注文を付ける。かつての実朝よりも、よほどひどかった。

そんな義時だったが、京都から金剛の使者として金窪行親がやって来たときには、むかしに帰ったようになる。

後鳥羽上皇の隠岐島配流《おきのしまはいる》によって、承久の乱の全てが無事に完了したとの報告を受け、義時は安堵の面持ちで金窪へ告げた。

「苦労であった、と金剛に伝えよ」

そして言おうかどうか迷った顔をした義時が、踏ん切りをつけたように続ける。

「金窪、これはずっと思っていたことだ」

「はい」

「金窪、なぜ、わいには子がおらぬ」

今さら何を聞くのだ、と金窪は義時を見やる。

「このたびのことで、金剛にも金窪が役立つと知らしめた。つまり、金窪の子孫はおれだけでなく金剛にも引き続き仕えられるということだ。なのに、わいに子が生まれたという知らせは、いっこうに聞かぬ」

一礼した金窪が、丁重に応じる。

「武州様（金剛泰時）のお供を命じられたさいには、さような太守のお気遣いがあったとは、まったく気が付きませなんだ。痛み入り申す」

「そうではない」

義時がきつく発する。

「いま申した通り、ずっと思っていたことでもあるのだ。治承の旗揚げのさい、右幕下に従って箱根に逃れ、まだ童子だった金窪に初めて会ったときからだ」

黙り込んだ金窪の表情の変化を探ろうとして、義時も黙り込む。やがて義時が思い切ったように問うた。

「大勢の者を殺した祟りで、三つ目の子でも生まれると思ったのか」

こんなことを義時に訊かれるのは初めてである。居住まいを正した金窪が答えた。

「違います。いや、違ったというべきでしょうか」

「どういう意味だ」

「今までに殺した者が、おれの夢枕に立ったことは一度もありません。今後も同じでしょう。なれど人の親になり、当たり前の感情を持ったなら、はたしてどうなるでしょうか。殺したことすら忘れていた者まで、おれの夢枕に立ってくるかもしれません。おれは親の因果が子に報いるのを恐れているのではなく、おれ自身が子を持つことで変わってしまうのを恐れているのです」

金窪の返答を、何も言わずに義時は聞いていた。もしかしたなら義時の夢枕には、ある人物が立っていたのかもしれない。だが口が裂けても金窪は、榛谷四郎重朝《はんがやしろうしげとも》、の名を出したりはしない。代わりに金窪行親は、こう締めくくった。

「おれは童子です。この世から、はみ出した者です。歴々の衆のように、末代に名を残し、子孫に血を伝え、その血の中で永遠に生き続ける必要はない。一代きりで血が断絶することに、おれは何の痛痒《つうよう》も感じていません」

「そうか」

ようやく発した義時が続ける。

「ならば金窪を叙爵しよう」

「童子であるおれを叙爵するのですか」

驚いたように問う金窪へ、きっぱりと義時は繰り返した。

「そうだ、叙爵する」

実朝の時代には、金窪に兵衛尉の官位を与えるのにも、実朝の眼をごまかさねばならず、しかもそれが露見してしまって、実朝の機嫌を憚って平身低頭しなければならなかった。それが当然だと義時は思っていたが、今の義時は誰憚ることなく、金窪を兵衛尉よりはるかに重い官位に推薦できる。

だが、あのとき、実朝は言ったものだ。「さような者を兵衛尉にすれば、その子孫は己れらが童子の子孫であることを忘れ去るであろう」と。

義時は実朝の霊魂に言いたい。「金窪は子孫を残さぬそうです。ならば、金窪を叙爵させても安心です」と。そして頼朝の霊魂にも言っておかねばならなかった。「やはり、おれの金窪の見立ては間違っていませんでした」と。

とはいっても、叙爵されたとすぐにわかる国守には任じづらい。「○○守」は有力御家人の憧れであり、彼らを差し置いて金窪を推薦しては、鎌倉府の内に遺恨を残しかねない。そこで「使《し》の宣旨《せんじ》」を受けさせ叙爵させることにした。

京都の最高司令官とも言うべき北条金剛泰時の配下として、京都の治安を担当する金窪行親は検非違使《けびいし》に任じられて当然で、その金窪に「使の宣旨」を下すことも、西園寺公経あたりに依頼すれば、さして難しいことではない。

鎌倉御家人として「使の宣旨」を受けていた者にも、推薦を指示した。

加藤《かとう》次郎《じろう》景廉《かげかど》である。まだ景廉は生きていた。それも叙爵された鎌倉府の元老として。

「これは江間殿」と景廉は義時を迎えた。義時を「太守」とは呼ばない加藤景廉は、まだ義時が「小四郎」と呼ばれ、江間の部屋住みとして政子の庇護下にあったころから知っていた。

　あのころ政子義時姉弟にとって大事だったのは、加藤景廉ではなく、その兄弟の伊豆山衆徒、文陽坊覚淵《もんようぼうかくえん》の方だった。加藤氏は伊勢国の出身だったが、伊豆と伊勢の間は意外に近い。陸路の東海道で見れば数カ国を隔てており遠く見えるが、伊勢の大《おお》湊《みなと》を使う海路を取れば、夜明けに出航して、もし順風を得られた場合、まだ日のあるうちに伊豆半島に着いてしまう。

　だから伊豆山の交易も伊勢国が中心であり、伊勢国出身の加藤氏も伊豆国に進出したわけだが、その中心は伊豆山衆徒の文陽坊覚淵だった。「江間殿」と呼ばれた政子義時姉弟の取引相手も伊豆山であり、江間を狙ってきた北条時政に対抗する後ろ盾としたのも伊豆山であった。ちなみに義時の長男である泰時の童名の「金剛」も、伊豆山の信仰にちなんでいる。

　加藤景廉はそのころ馬牧《うままき》を営んでいたらしいが、伊豆山の交易網がなければやっていけず、文陽坊覚淵の陰に隠れた存在だった。そんな景廉に交易の船を安く貸したのが、梶原景時だったようで、当時、影が薄かったにもかかわらず景廉を見込んだらしい。

　加藤景廉は西国出身らしく、騎射よりも徒歩で使う薙刀の方が得意だった。おかげで周囲から軽んじられたが、梶原景時は標的を逃さぬ加藤景廉の嗅覚と、狙った獲物を確実に仕留める薙刀の腕を、高く評価していたようだ。

だから景廉は没後のいまでも、鎌倉御家人たちから爪弾きされる梶原景時を、「梶原殿」と敬意を籠めて呼ぶ。そんな景廉は周囲から変わり者扱いされてきたが、いつの間にやら鎌倉の元老におさまっていた。

「綺羅星《きらぼし》のごとき鎌倉武将衆がみな消えてしまい、残ったおれしか元老になる者がいなかったのではないのですか」

その景廉の言いようは控えめとも取れるが、皮肉とも取れる。

梶原景時に始まり、比企能員、畠山重忠、和田義盛――と、みな消えていった。残るは三浦氏だけである。

九

承久の乱の翌年、五月二十五日、三崎遊覧があった。

頼朝時代から続く恒例行事であり、この年も総出で主賓を迎えたのは、三浦一門だった。

海岸に整列して下馬した馬の口を取り、首を垂れて主賓を待ち受けるなか、潮騒を背景に騎馬で主賓がやって来る。

主賓の姿を見とめるや、出迎えの三浦一門衆が、さらに身を屈めた。京都から帰還していた一門惣領、三浦義村が下馬して迎えた主賓は、北条陸奥守義時だった。

「太守、どうぞ、あれに」

義村が指さした先に、接待のための仮屋がある。整然と円座が並べられていたが、義村が指さしたのは、一段高い所に設《しつ》えられていた首座だった。

かつて頼朝が座った席である。

尻込みしたように、北条義時は三浦義村のイタチに似た横顔を盗み見る。獰猛さを隠したその横顔から何かを読み取ることはできなかったが、三浦一門を率いる義村には三度の切所があった。和田合戦、公暁による実朝暗殺、承久の乱の三度である。その三度とも義村は対決から逃げてしまった。かつて実朝が見抜いたような、優柔不断さを露呈してしまったのである。

おかげで三浦氏はいまも健在である、だがそれは滅亡を先延ばししているにすぎない。必ず北条氏と三浦氏が対決する日は来るのであり、三度も機会を逃してしまったせいで、もはや三浦氏に勝ち目はなくなってしまった。義村が「太守」と義時を持ち上げてみせたところで、義時と義村の代は無事であっても、北条氏が三浦氏を滅ぼす日は必ずやって来る。

だが義時はそんなことを義村に言ったりしなかった。

「本日は良い日和ですな、アハハ」と貫禄なく言った義時は、こわごわと首座に腰を下ろした。


承久の乱から三年後の貞応《じょうおう》三年、六月十二日。その日は朝から篠つく雨であった。辰《たつ》の刻（午前八時ころ）、雨空を見上げて義時がぼやく。

「今日は雨か。この分じゃ、三日くらい降り続きそうだな」

だが三日後は義時にやって来なかった。昨日まで元気だったにもかかわらず、急な病に倒れる。慌てて馳せ集まってきたのは、義時をお得意様にしている陰陽師たちで、「戌《いぬ》の刻（午後八時ころ）には本復するでしょう」と占ったが、病状は急激に悪化し、同じ日の深夜には危篤に陥ってしまった。

赤痢だったのかもしれない。

そして翌十三日の巳《み》の刻（午前十時ころ）には、死病に苦しむ間もなく、世を去っていった。あとの面倒は、自分より出来がいい金剛泰時に任せて。そして代替わりするさいに必ず起きる政情不安は、ほんらいなら義時みずから対処しておかなければいけないのに、ちゃんと代わりに尻拭いしてくれる人たちがいたのだ。頼りになるだけでなく、義時よりずっと年上の政子と大江広元が。

享年六十二。どこまでも運がいい人生だった。

◎本作品は書き下ろしです。
◎現代的な感覚では不適切と感じられる表現を使用している箇所がありますが、時代背景を尊重し、当時の表現および名称を本文中に用いていることをご了承ください。

髙橋直樹（たかはし・なおき）
1960年東京生まれ。92年「尼子悲話」で第72回オール讀物新人賞を受賞。95年「異形の寵児」で第114回直木賞候補。97年『鎌倉擾乱』で中山義秀文学賞受賞。『軍師　黒田官兵衛』『五代友厚　蒼海を越えた異端児』『直虎　乱世に咲いた紅き花』『駿風の人』（いずれも小社刊）など著書多数。

北条義時　我、鎌倉にて天運を待つ

潮文庫　た－6

2021年　12月20日　初版発行
2022年　2月16日　3刷発行

著　　者　髙橋直樹
発 行 者　南 晋三
発 行 所　株式会社潮出版社
〒102-8110
東京都千代田区一番町6　一番町SQUARE
電　　話　03-3230-0781（編集）
03-3230-0741（営業）
振替口座　00150-5-61090
印刷・製本　株式会社暁印刷
デザイン　多田和博

ISBN978-4-267-02318-7 C0193

潮出版社　好評既刊

駿風の人
髙橋直樹

「海道一の弓取り」の異名を持つ今川義元。運命は彼を非情の桶狭間決戦へ誘う！そこには稀代の名将を狂わせた織田信長の策謀が——。渾身の書き下ろし小説！

天涯の海　酢屋三代の物語
車　浮代

世界に誇る「江戸前寿司」はなぜ誕生したのか。江戸の鮨文化を一変させた「粕酢」に挑んだ三人の又左衛門と、彼らを支えた女たちを描く長編歴史小説。

玄宗皇帝
塚本青史

女帝・則天武后、絶世の美女・楊貴妃、奸臣・安禄山が繰り広げる光と影！　大唐帝国の繁栄と没落を招いた皇帝の生涯を、中国小説の旗手が描く歴史大作！

叛骨　陸奥宗光の生涯〈上・下〉
津本　陽

政府からの弾圧に耐え、外務大臣として日本をけん引した風雲児の人生に迫る！直木賞作家「津本陽」最後の長編小説がいよいよ文庫判で登場！

明日香さんの霊異記《りょういき》
高樹のぶ子

現代に湧現する一二〇〇年の時を超えた因縁と謎。全てを解く鍵は日本最古の説話集『日本霊異記』に記されていた。古都・奈良で繰り広げられる古典ミステリー。